Robert van Gulik

THE PHANTOM OF THE TEMPLE

紫云寺

〔荷兰〕高罗佩——著
张凌——译

大唐狄公案

NEW JUDGE DEE MYSTERIES

上海译文出版社

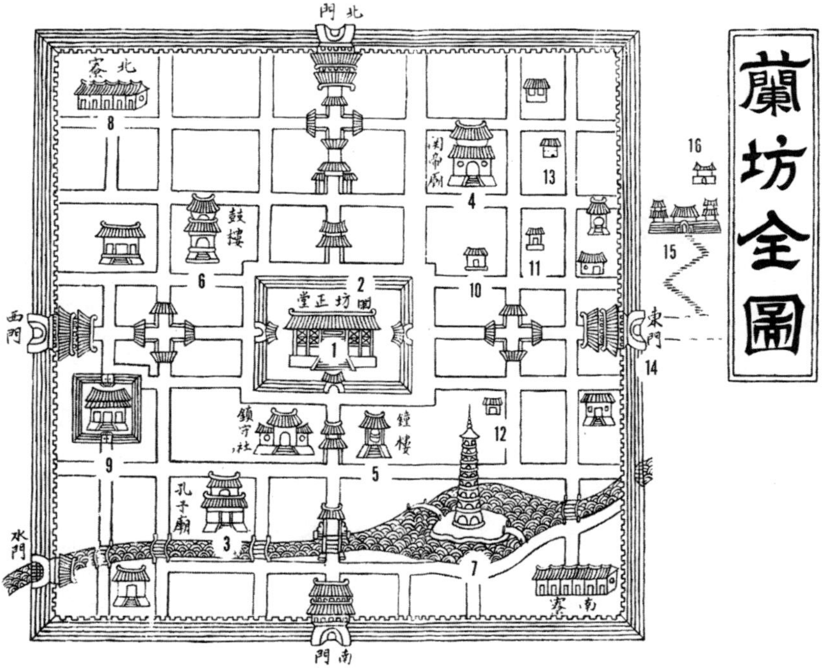

兰坊全图

1. 兰坊县衙　2. 内宅　3. 孔庙　4. 关帝庙　5. 钟楼　6. 鼓楼　7. 佛塔　8. 北里
9. 军塞　10. 吴宅　11. 李迈居处　12. 李格居处　13. 和尚居处　14. 东门
15. 紫云寺　16. 庵堂

插 图 一 览

人 物 表

狄仁杰：兰坊县令。兰坊位于大唐西部边陲，时为 670 年。

洪　亮：狄公的亲信谋士，县衙都头。

马　荣：狄公的亲信随从。

曾　三：无赖闲汉。

老　五：曾三之弟。

阿　刘：曾三之友。

和　尚：丐帮首领。

张　氏：紫云寺女住持。

春　云：张氏之侍女。

塔　拉：女巫。

李　迈：钱庄掌柜兼金银器店店主。

李　恪：李迈之弟，画师。

吴宗仁：致仕刺史。

吴夫人：吴宗仁之妻。

杨茂德：书生。

一

女子默默注视着放在古井边沿的物事。此处乃是寺庙的后花园，幽暗湿热，不见一丝微风。几瓣杏花从枝头飘然落下，在灯笼的亮光中白如霜雪，沾在血迹斑斑的大石上，显得分外莹洁。

女子裹紧宽大的衣袍，对站在一旁的高大男子说道："把那东西也扔到井里去！这下就妥当了。这口古井已有多年不曾用过，想必根本没人知道。"

男子焦灼地打量一眼，见女子面色苍白、神情冷漠，便将灯笼放在井旁的一堆石块碎砖上，抬手猛地扯开项巾，说道："我想做得更妥当些，应该先包起来，然后……"忽觉自己的话音在这废园中显得格外响亮，转而低声说道，"……然后埋在庙后的树林里。此时已过午夜，那蠢货喝得烂醉，正在呼呼大睡，再无旁人会在附近走动。"说罢用项巾包起人头。

女子从旁静静看觑。那男子两手不住颤抖，费了半日工夫，才算捆扎妥当，又低声辩解道："我实在不由自主！对……对我来说太过不易，而你……你又是如何做到的？不但前后两回，而且做得干净利落……”

女子耸耸肩头，漠然答道：“你得知道关节处在哪里才行。”说罢俯身低首，朝井下看去，只见朽烂的木制辘轳上缠绕着大串青藤，长长的枝条直垂入漆黑的井口，贴在半腐的绳索上，吊桶早已无影无踪。不知什么物事从高大古树的密叶间窜过，紧接着一阵白色花雨簌簌飘下，有几片正掉在女子的手上，触感冰凉，仿佛雪片一般。女子抽回手来，将花瓣抖落，缓缓说道：“去年冬天下过雪后，这园中一片莹白，白得……”音声渐低下去。

“不错，不错！”男子急急说道，“城里的雪景也十分宜人。莲池中的那座佛塔，檐下挂着一串串冰溜子，就像许多小铃铛一般。”抬手抹了一把汗湿的脸面，又道，“那股寒气好不清爽，我想起有一天早上……”

“别再想了，”女子冷冷插言道，“忘记以往！只想着以后。如今我们可以去取东西，全部都在那里。此时就去，从里边全拿出来。”

“此时？”男子骇然叫道，“我们刚刚才……”眼见女子面上露出轻蔑之色，连忙又道，“我真是筋疲力尽了，绝无虚言！”

“筋疲力尽？可你一向夸口说自己很有力气的！”

“倒也不必着急，对不对？但凡我们乐意，随时都可以去取。说来你我……”

“我可是着急得很。不过放在那里想也无事，一晚上又有何妨？”

女子说罢不再言语，只顾默默沉思。男子见她自想心事、态度疏淡，不禁心中郁郁，兼以此时欲念丛生，颇觉辛苦难耐，不禁哀哀诉道：“为何你不能属于我，只属于我一个人？你明知我会为你赴汤蹈火，且又不是空口说白话……”说到此处，见女子听而不闻，便又住口不语。

女子正抬头凝望枝叶间的一小片天空，其中点缀着朵朵白花。就在大殿的左右两侧，各立着一座三层高塔，塔尖清晰地映在夜幕之中。

二

次日一早，兰坊城中酷热依旧。狄公早起出门散步，返回二堂时，发觉身上的布袍已被汗水浸湿，紧紧贴在肩头，不禁颇为懊丧，先从袖中取出一个小木盒放在案头，随后走到屋角，从衣箱里找出一件干净的蓝布薄袍换上，又推开窗户朝外望去。只见马荣正走过衙院中庭，肩扛一只烤全猪，口中哼唱着一支小曲，音声回响在空寂的庭院内，听去细微而怪异。

狄公关起窗户，坐在堆满文书的桌案后方，抬手揩一揩脸面，想起今天日子特别，理应高兴才是，眼光不觉落到适才放下的乌檀木小盒上。漆黑平滑的盒盖上镶有一块圆形翡翠，发出暗淡的光泽。方才外出散步时，狄公行至一家古董店前，看见窗内摆着这只木盒，立时便买了下来。只因那块翡翠刻成一个“寿”字，故而正好合用。至于自己为何心绪不佳，其实并无切实的缘故，须得努力打起精神来才是。兰坊地处偏远边陲，平时日子过得单调沉闷，难免会令人颇为不耐，即使偶尔心绪低落时，也不该放任自己一味沉溺其中。

狄公决然推开书案上的一大卷公文，腾出一块空地来，拍手召唤衙吏。此时腹内微觉不适，吃一顿早饭应会舒服许多，或许也与这酷热的天气不无关系。狄公背靠乌木雕花椅背，拿起硕大的鹤毛羽扇，缓缓摇动起来。

房门一开，走入一个孱弱的老者，身着蓝布长袍，头戴一顶黑便帽，遮住了花白的头发，向狄公请安问好后，先将盛有早饭的托盘小心放在一张条几上，再将茶壶与几碟咸鱼菜蔬一一挪至案头。狄公微微笑道："洪亮，这差使大可交给衙吏去做，你又何必亲自动手呢？"

"回老爷，我正好从灶房经过，看见马荣已从肉铺里买来一头烤猪，个头之大，我以前还从未见过哩！"

"不错，那便是今晚的主菜。将茶壶给我，我自己来倒！你且坐下！"

洪亮却连连摇头，迅速为狄公斟满一杯热茶，又送上一碗香喷喷的米饭，过后方才在书案前的矮凳上坐下，偷眼打量着狄公疲惫的面容。洪亮本是狄家的一名老仆，狄公自从孩童时起，便得他悉心照料，因此一嗔一喜都逃不过他的眼睛。

狄公执箸在手，说道："洪亮，我昨晚没有睡好。吃罢这顿丰盛的早饭，定会精神大振。"

“这兰坊的天气着实令人不堪。”洪亮说话时，语声干涩而清晰，“冬天湿冷，夏天湿热，从北边大漠里不时会突然刮来冷风。还请老爷保重贵体，在此地极易伤风受寒。”说罢用左手小心扶起稀疏的髭须，呷了一口茶水，放下茶杯，接着又道：“昨晚午夜过后多时，我看见二堂中仍亮着灯火，但愿没有出什么重案吧？”

狄公摇头说道：“根本没有。洪亮，自从我在此地恢复了秩序法度，这半年以来，从未有过任何风波，城里只出过几桩失手酿成的人命官司，还有一两桩窃案，如此而已！你我主持的全是些例行公务，登记出生婚娶死亡，调停小纠纷，征收税款……无波无澜，十分平静，我得说太过平静了！”说罢呵呵一笑，洪亮却发觉老爷笑得有些勉强。

只听狄公接着说道：“说来抱歉，洪亮，我只是略感郁闷而已，想必很快就会过去。另有一事却更为要紧：我有些担心三位夫人。对她们而言，此地的日子太过乏味。在这区区小城中，她们难以寻得志趣相投的女伴，又缺少可供消遣的乐事，既没有好戏上演，也没有胜地可去游赏……况且突厥风俗依然盛行，以至于每逢四时八节，我们汉人总难以尽情宴乐欢饮。正是因此，今晚为大夫人庆贺寿辰，才令我格外高兴。”说罢摇一摇头，默默吃了几口，随后投箸在案，朝椅背上一靠，“洪亮，你方才说到昨晚，却是我在翻看县衙存档时，发现此地曾发生过一桩大案，至今未能勘破，即朝廷金部司库携带的金锭被盗一事。”

“老爷为何会如此起兴？此案出在去年，那时老爷还未曾驾临兰坊哩！”

“一点不错。确切说来，事发之日乃是己巳年八月初二。悬而未决的疑案总能令我起兴，无论是新是旧！”

洪亮缓缓点头：“记得还在蒲阳时，我曾看过《邸报》上关于此案的记述，着实惊动了朝廷上下。那司库携带五十锭黄金途经此地，预备越过边境去拜会突厥可汗，要为御马监购入一批上等突厥良马。”

“正是。黄金在夜间失窃，被人换作铅锭，窃贼却始终没有下落——”

这时有人叩门，只见马荣走入，咧嘴笑道：“老爷，我买了一头上好的烤猪！”

“我看见你扛着烤猪进来，马荣。今晚只请了一位女客，是几位夫人的好友，且又不食荤腥。如此一来，这烤猪大半都可留给你们几个受用了。我正与洪都头议论去年的司库携金被盗一案，你也过来坐下。”

马荣依命在另一张板凳上落座，漠然说道：“身为朝廷司库，总该晓得如何守住上头交托的金银，不然发给他薪俸作甚！我也记得这桩案子，那人是不是立时便被罢官免职？”

“确是如此。”狄公答道，“贼人没有查出，金子也没能找到。不过调查此案却是大费周章。”说罢抬手一拍面前的文卷：“马荣，这案录颇富教益，值得细细研读。首先，兰坊县令挨个儿审问过与司库同来的军中百长及其手下兵士，认为如此一笔巨款出京，自是要严守秘密，想来只有司库本人才知道此行的目的，因此那贼人必是知情的内奸。另有一事也指向这一点，司库携有三口皮箱，形状大小颜色皆是一模一样，都配了同样的挂锁。唯一的区别是内装黄金的皮箱有一面稍稍开裂，后来独独那口箱子被打开过。其余二箱内装着司库本人的衣袍与其他私人物事，根本未被动过。正是因此，县令才会怀疑到司库的随员头上。”

“还有一事，”洪亮沉思说道，“窃贼之所以用铅锭偷梁换柱，显然是指望拖延几日，等司库出境后开箱时才会发现黄金失窃，这又分明指向外贼了。所有随员皆知官家规矩，即凡是有人携带官银外出，在每晚入睡前和早上起床后，必须查看金银是否完好无损。”

狄公点头说道：“说得甚是。不过，我那前任认为换过铅锭是个极好的伪装，会让人以为是外贼所为。”

马荣方才起身走到窗前，环视一下空荡荡的庭院，皱眉说道：“真不知那懒汉班头此时在作甚！他本应带着众衙役晨起操练才是！”见狄公面色不悦，连忙又道：“老爷，实在对不住！皆因乔泰陶干二人动身去了京城，专为商议裁减驻军一事，我不得不一人统管所有衙役与守卫。”说罢复又坐下，为了显得颇有兴趣，开口问道：“那贼人留下了什么破绽不曾？”

“没有。”狄公答道，“司库当晚就住在这衙院的客房内，只有一门一窗，还派了四名兵士坐在廊上，整夜守卫门口。贼人却是从窗户下手，弄破一扇窗格后探手进去，不知怎么撬开了箱上的挂锁。”

洪亮已将案卷挪至面前翻看了半日，此时摇头说道：“县令确实用尽了所有办法。一旦查明司库的随员并无嫌疑后，他便将城内所有的扒手偷儿统统召集起来，还有所有专收赃物之人，并且——”

“他犯了一个错误，洪亮，”狄公插言道，“即只在兰坊城内查案。”

“此话怎讲？”马荣问道，“这案子难道不是出在兰坊本地？”

狄公坐直起来：“虽说就出在本地，但是司库还未曾到达兰坊时，贼人一定在别处早有预谋。如果换了我，就会去山那边的邻县同康四处查问一番。司库在那里也曾过夜，定是有人得知他携有黄金，且放在一口表面开裂的皮箱里。司库本人还未驾临兰坊，这消息却已提前传至此地。马荣，你去叫主簿来!”

洪亮面露疑色，捻着细细的山羊胡，说道:“老爷，照此说法，那贼人也可能是在从京城到兰坊这一路的任何地方得知了此事，甚至在司库出京之前也未可知哩!”

“非也。有一确凿的事实，可以证明定是在同康走漏了风声。司库在其供录中说过，装有黄金的皮箱正是在抵达同康前开裂的，想来是由于金锭过沉的缘故。”

这时马荣引着一位老者进来，看去身形瘦削，上前施礼请安后，恭敬地等待狄公发话。

“本县正在搜集有关司库携金被窃一案的消息，想让你去一趟同康。司库到达兰坊之前，最后停留歇宿就是在彼处。你前去同康县衙，设法找到几个亲历之人，我想知道司库在那边过夜时，是否接待过什么来客，县衙是否找了当地女子陪他过夜，或是收到过什么消息，总而言之，所有相关情形。”狄公说罢，拣出一张官文用纸，提笔写成一封给同康县令的引介信函，又盖上兰坊县衙的大红印章，随后递给主簿:“你即刻便动身，在马夫预备好坐骑之前，先读一读这份案卷，最好后天回来复命。”

“遵命，老爷。”

主簿正欲施礼时，马荣开口问道：“你可知道班头在何处？”

“他出去捉拿一个无赖闲汉。昨晚城内一家酒肆里发生纷争，那人杀死了一个泼皮恶棍。”

“且罢，”狄公说道，“既然是平常的市井打斗，也就无须做太多文书案录。你这就上路去吧，还望事事顺利！”

主簿离去后，马荣悻悻说道：“如此说来，班头倒是十分勤谨！出去捉拿杀人凶犯，也不说带上一张差票！那厮若不能好好照顾自己，不出几日，怕是会因为劳碌过度而病倒哩！”

“可惜没能留住老方继续做衙役班头，”洪亮议论道，“老爷，那个小盒子用来作甚？我以前在书案上从未见过。”

“小盒子？”狄公反问一句，继而恍然大悟，“你说的原来是此物！我早上出门散步时，从孔庙背后街角处的一家古董店里买来的，不过两刻钟之前的事，预备今晚在寿筵上送给大夫人。”

狄公拿起木盒，给洪亮马荣赏看。“这盒面上有个‘寿’字，正好可作生辰贺礼。这块圆形翡翠刻成一个篆

狄公出示生辰贺礼

字，甚为精美。”又抬手一指身后，“就和那扇槅窗上装饰的字体一模一样。”

狄公将木盒递给马荣，马荣打量一眼，说道：“这盒子的大小，正好可以放入名帖。”又举到眼前细细端详。“只可惜盒盖上划了几道，有人笨手笨脚想在翡翠这边刻下一个‘入’字，又在对面似是写了一个‘下’字。老爷就交给我好了，在南门附近有个细工木匠，与我是老相识，今日早衙过后，我便带着盒子去找他，包管将盒面弄得光亮平整。”

“好个主意。你又在看什么？”

马荣方才随手掀开盒盖，正仔细看觑内面，低声说道：“这里贴着一小片纸。”

“想必是标明价格的签纸，”狄公说道，“你顺手揭下来如何？”

马荣用指甲抠下纸张的一角，忽然抬头说道：“老爷，这上面写的不是价钱。我看见背后写着两行红字，好，揭下来了，这就翻过来瞧瞧。字写得歪歪扭扭，我认不出来。”说罢将小纸片递给狄公。

狄公扬起浓眉，大声念道：“吾饥渴不堪，命已垂危，望速来相救，玉字。己巳九月十二。”念罢抬头怒道，“为何要在盒盖里贴上如此可笑之物？”

“也许并不是开玩笑，老爷!”马荣急急说道，“一个名叫什么玉的姑娘，一定是个可人儿！她想是被人绑去了!”

洪亮一向深知马荣生性多情，听到此处忍俊不禁，徐徐说道：“马荣贤弟，你总是随时预备着奔去英雄救美。不过这纸片显然是从什么书里撕下来的，不外乎香艳故事或是剧目。”

“岂有此理!”马荣怒道，“那可怜的姑娘写下这血书，然后放在盒内，从被拘禁的房舍窗户扔到外面。那血书尚且未干，盒子底朝上落在地面，纸片便粘在盒盖上。虽说此事出在大约一年前，但我们也不能让那饿死她的歹人逍遥法外!”转头看着狄公，又急急问道，“不知老爷怎么想?”

狄公将纸片放在书案上抚平，手捻颊须细细看过，抬头说道：“马荣，你推断得很是聪明，不过我赞成洪都头的说法。如果真是落难之人求救的话，那么……”忽而转头冲门口说道：“进来!”

只见班头走入。此人看去面相粗鄙，留着一圈硬硬的短须，上前躬身施礼，咧嘴笑道：“启禀老爷，小人刚刚捉住了一名杀人凶犯。那游民名唤阿刘，昨晚在一场口角之后，杀死了当地一个恶棍，就在——”

“本县已听主簿说过此事，办得甚好！等到早衙开堂时，我将会审理此案，可否有人作证？”

“好些个哩，老爷！客店掌柜，两个赌客，还有——”

“好，命他们务必到堂。”

班头退下后，狄公站起身来，手持木盒注视半晌，又放在掌中掂量一下，然后纳入袖中，对洪亮马荣说道：“我们须得设法查一查这盒子里的古怪字条，无论此信到底是真是假，这木盒横竖已沾上了不祥之气，不宜当作生辰贺礼。离早衙开堂尚有半个时辰，我要去那古董铺再走一趟，另挑一样礼物，并问问掌柜何时何地得来的这个木盒。洪亮，你这就去公廨，查看一下己巳年九月走失人口的记录中，可有一个名叫什么玉的女子。马荣，你随我同去古董铺，只有几步路远，我们徒步过去便是。”

三

狄公与马荣出了衙院正门，走下宽阔的台阶。面前一条大道直通南门，尽管时辰尚早、天气闷热，街上却已是人流熙攘。迷蒙的薄雾之中，唯见莲池里佛塔的尖顶在城内高高耸立。

狄公走在前头，仍穿着一身简素的蓝袍，乌纱官帽也换作一顶便帽，因此没人认出这便是县令老爷。马荣紧随其后，身着镶有黑边的褐袍，腰系黑绦，一副官家差役打扮。

二人走了一程，马荣忽然驻足不前，只见数步之外，一双硕大而喷火的眼睛正直直盯住自己，一张苍白清秀的面容蓦然闪现，半掩在突厥式的头巾下方，身量看去格外高挑。马荣正想过去询问一番，不巧有两个苦力肩扛一只大木箱从当中经过。待二人走开后，那女子已消失了踪影。

狄公转过身来，抬手一指前方孔庙的高大屋顶，说道："那古董店就在孔庙背后的第二条小街上，右边街角处便是。”见马荣一脸迷惑，便开口问道：“你为何这般模样？”

“回老爷，我方才看见一个极不寻常的女子，两眼大得出奇，且又——”

“还望你勿要每遇见一个女子，就盯住看个没完！”狄公怒道，“快跟我走，没多少工夫了！”

孔庙背后的街巷颇为狭窄冷清。二人走入古董铺，见店内虽然狭小幽暗，却甚是凉爽。一个胡须蓬乱的老者疾步走到柜台前，显然认出了狄公，咧开没牙的嘴嘿嘿笑道：“这位客官，又有何事要我效劳？”

“今日一早，我曾来过贵店，”狄公答道，“一时疏忽，忘了还想再买一样上好的玉器，比如一对手镯，或是一支发簪。”

掌柜从柜台下方捧出一只四方形托盘：“客官请看，定会有你中意之物。”

狄公翻翻那一堆珠宝首饰，选了一对刻成梅枝形状的白玉手镯，又问其价几何。

“纹银一两。只因客官不比旁人，故此才给这个价！”

“那我就买下了。还有一事，今早我在贵店选的那只乌檀木小盒，掌柜可否告知当日从哪里得来？凡是我购入的古物，一向乐意知道来历如何。”

掌柜将便帽朝后一推，挠一挠灰白的头发："到底是从哪里来的？这位贵客，容我去翻看一下账簿！还请稍候片刻！"

"老爷为何不杀一杀价？"马荣愤愤说道，"这老货居然开口要一两银子！真想不出他如何能经营至今！"

"这对玉镯值这个价，敢说大夫人见了一定喜欢。"

此时掌柜从店铺后方转回，将一本旧簿册放在柜台上，伸出蜘蛛一般细长的手指，指着一处低声说道："就在这里，找到了！原是四个月前，从李恪先生那里购入的。"

"李恪是何许人？"狄公问道。

"回客官的话，这李恪可说是个寂寂无名的落魄画师，专工山水，整天画的比卖的还多哩！客官请想一想，有谁愿意出钱买今人所作的山水画呢？画的就是城外的景物，天天出门便能瞧见，又不必花一文钱！若是换作古画，自然……"

"李恪住在何处？"

"离敝店不远，在钟楼旁边的一条街上，那宅子又老又旧！对对，如今我想起来了，当日李恪提来一篮子陈年废物，说是不想要了，那木盒就在其中，上面全是泥巴。若是他看见盒盖上那块上品翡翠的话……"掌柜说着狡黠地一笑，连忙又道，“不过我给他的价钱甚是公道！李恪的兄长开着一家金银铺，店面虽不甚大，但也……这位客官，我并不想说李家的坏话。没准儿有朝一日，我还会与李迈先生做上几笔生意哩……”

“李恪若是有个家资甚富的兄长，为何自己却生计艰难?”狄公问道。

掌柜耸耸肩头，“听说他们兄弟去年吵了一架。客官想也知道，如今世人不再看重孝悌之道，也不觉得父子兄弟理应和睦相处、合族共居。我从来都说——”

“明白了。这一两纹银你且收下，手镯无须包起。”

狄公将玉镯纳入袖内，出门走到街中，对马荣说道：“从此处走到钟楼，只需片刻工夫。我们既已追到了这里，不妨顺便拜访一下李恪其人。”

二人再度穿过大街，又绕过钟楼的高台。只见朱漆横梁下悬着一口巨大的铜钟，钟面呈青绿色，发出暗淡的光泽。每天早上天光破晓时，便会有人专门前来敲钟，专为唤醒众百姓。狄公与马荣向一名水夫问路，此人颇为热心，引着二人走入一条狭窄的后街，周围住户显然皆是小店主一类。

三人直走到一座营房似的木屋前。只见前门由几块光秃秃的木板拼成，上面裂痕遍布，修补得十分粗糙，左右两旁窗户紧闭。

“李恪的住处看去颇为寒酸。”狄公说罢，上前抬手叩门。

“他可没有做古董铺掌柜的本事!”马荣挖苦道。

这时传来沉重的脚步声，只听有人放下门闩，开启门扇。

一名衣着邋遢的高大男子现身出来，忽然后退一步，嗫嚅说道:“何人……为何……”显见得原以为来客只是小商小贩。狄公静静打量对方，只见他面貌清瘦，留着短短的髭须，两眼硕大，目光机警，身穿一件过于宽大的褐袍，上面沾有斑斑点点的颜料，头戴一顶破旧的黑绒小帽。

“这位便是画师李恪先生?”狄公彬彬有礼地问道，见对方默然点头，方才接着说道，“在下姓狄，乃是兰坊县令，这位是我的亲随干办马荣。”眼见李恪面上失色，又和蔼说道，“本县只是随意走来私访一回，还请勿要惊慌!只因对山水画一向颇有兴趣，又听说李先生雅擅丹青，早起散步正好行至此处，一时兴起，便来贸然造访，并意欲观赏大作。”

“小民不胜荣幸！不胜荣幸!”李恪连声说道，随即面色一沉，“实在不巧得很，小民的房内凌乱不堪，皆因我那帮手昨晚未曾返家，这清理打扫的活计，一向由他来做。若是老爷晚些时候再来的话，或许……”

“本县并不介意！”狄公欣然说罢，迈步走入幽暗的厅堂。

李恪引路行至后面一间低矮幽暗的大房中，只有两扇阔窗透进亮光，窗上贴着脏污的绵纸。正中央摆着一张板桌，李恪将一把松散摇晃的高背座椅推到桌旁，又请马荣坐在一只竹凳上，然后自去墙边的条几上沏茶。

狄公漫视房内，只见桌上凌乱堆放着一卷卷纸张绢帛，瓶中插着画笔，几只小碟内盛有各色颜料，表面业已干凝开裂，砚台上积了薄薄一层尘土。桌案那端摆着一碗米粥，旁边摊开一片油纸，纸上留有些许腌菜，可见李恪方才正在用早饭。

左边的墙上挂着十来幅山水卷轴，一色水墨点染而成。狄公一路看去，心觉有几幅倒是颇见工力，转头再看右墙时，不禁大皱眉头。只见那边全是佛画，然而并非面容宁静端丽的男女菩萨，而是后来兴起的密教神魔，周身半裸，面貌狞恶，多头多臂，二目圆睁，张开血盆大口，脖颈上套着人头璎珞，有的怀中还搂抱着女伴。画面设色繁复，以金绿尤多。

李恪将两杯茶水送到案上，狄公说道：“李先生，本县对你的山水画颇为中意，大有前朝名家的风神气韵。”

李恪面露喜色：“老爷明鉴，小民对山水画情有独钟。每逢三春九秋，小民总要去兰坊城东城北的山间远足，附近一带的山巅峰顶，敢说没有一处地方我不曾去过！归来伏案作画时，再试图将亲眼所见的美景一一描摹出来。”

狄公点头赞许，转身指着墙上的佛画，说道：“如你这般志趣高雅之人，为何又要自降身份，去画那些蛮族异教的骇人神魔？”

李恪在窗前的一张竹凳上坐下，浅浅一笑说道：“回老爷话，只因专画山水，根本无法维持生计！在兰坊城内有不少突厥人与回纥人，对此类佛画倒是索求甚多。老爷想必知道，他们笃信新近传来的密教，认为男女交合可代表天地相互作用，并可以此而修炼成佛，实在令人不堪。那些信徒还自视为凶暴的男女神佛，在祭拜仪式中——”

狄公扬手示意一下，说道：“本县对此知之甚详。有些人以信教为名，专行极其下劣的逾矩之事，纵欲淫乱，犯下罪恶的勾当。本县任汉源县令时，当地的一所道观中曾发生过数起人命案，正是由于观内道士暗中修炼采补之术所致！[1] 至于这些秘术究竟是佛教从道教传习而来，抑

[1] 见《朝云观》。——原注

或恰恰相反，我既不得而知，也不以为意。”说罢恼怒地揪一揪长髯，目光锐利地扫了李恪一眼，又道：“你不会是说兰坊城中仍有人在操弄那些邪魔之术吧？”

“不不，老爷，小民全无此意。大约八九年前，城东门外的山上有一座紫云寺，正属于这一教派，常有许多突厥人越境而来、前去参拜，还有信奉此教的其他胡人。后来官府插手进来，强行遣散了寺内的男女僧众。不过兰坊城内有些佛徒仍然信奉此教，买了这类画像挂在家中佛坛上，坚信那些凶神恶煞会保护他们，不但能趋吉避凶，还能长命百岁、多子多福。”

“全是些愚不可及的迷信而已！”狄公轻蔑地说道，“佛教最初的教义中，确实包含有许多高超的思想，本县身为正统儒生——相信李先生也是一样——不会赞成任何崇拜异教神佛的举动。我久有一愿，想在书斋中挂上一幅描绘边塞风光的山水卷轴，既有崇山峻岭，又有瀚海大漠，如今意欲订购一张，若是能得李先生首肯，本县自是不胜欢喜，还会将你举荐给一众知己同僚。不过有一条件，以后不可再作那些秽心污目的佛画了！”

“小民乐意从命，老爷！”

“如此甚好！”狄公说罢，从袖中取出乌檀木盒放在案上，“这个木盒，以前可是你的东西？”

狄公紧紧盯住李恪，却见他只是惊异地说道："回老爷，小民从未见过此物。集市上自然有不少这类木盒，由本地的细工木匠用乌檀木的边角料制成，可用来存放印章或名帖。不过如此精致的一件古物，小民还从未见过，即使见过，也根本买不起！"

狄公将木盒重又纳入袖中，随口问道："莫非令兄从未买过你的大作？"

李恪面色一沉，迅速回道："家兄是个商贾，对书画之道毫无兴趣，对从艺之人也十分鄙薄。"

"与你同住在此处的，莫非只有你那帮手？"

"正是，老爷。小民最恨操持日常家事。我那帮手姓杨，十分能干。他本是个书生，只因家资不济而无法应考。他不但打理家务，还帮我预备颜料纸笔，可惜此时不在，老爷未能得见。"李恪眼见狄公起身离座，连忙又道，"小民为老爷再倒一杯热茶如何？老爷博学多才，远近闻名，今日得蒙教诲，真乃三生有幸——"

"本县实在抱歉，此时非得回衙不可。多谢李先生的香茶，还请莫要忘记作画一事！"

李恪将二位客人一路恭送至门口。

二人走到街中，马荣冲口说道："老爷，这滑头分明在扯谎！古董铺的老掌柜明明说是从李家买来的木盒，生意上的事情，他一定不会弄错！”

“乍一见面时，李恪给我的印象颇佳，”狄公缓缓说道，“不过到了后来，我又有些疑心。”说罢止住脚步，又道，“我这就转回衙院，你去附近的店铺里打听一下，看他们对李恪有何评议，还有他那帮手。只为能知之更详。”

马荣点头领命，朝四下一望，只见这窄巷中唯有一块醒目的招牌，上书几个大字，道是纱薄如蝉翼、剪裁亦精良。一名裁缝正在收起一卷丝绸，店铺后方有一张长条桌案，四名老妪围坐在旁，正忙于缝纫刺绣。

裁缝看见马荣，上前施礼恭迎，一听他问起是否认得李恪，立时拉下脸来，嫌恶地说道：“那厮穷得跟一条饿狗一般！有时也看见他从门前经过，但是从未在我这里花过一文钱！至于他那个帮工，不过是个无赖闲汉而已，不但起居无常，还与各路下流坯厮混在一起。这里本来十分清静，他却时常喝得烂醉回来，一路上又叫又唱，直扰得四邻不得安生！”

“年轻书生总喜欢在晚上出去寻欢作乐一二。”马荣安抚道。

“什么年轻书生，全是鬼话！那姓杨的只是个无业游民而已！不过喜欢把自己打扮得漂漂亮亮，他从我这里买过一件簇新的衣袍，却没付给我一文钱，真是晦气得要命！我本该为了这事与他理论一番，不过……”掌柜说到此处，弯腰伏在柜台上，冲街中左右打量一眼，“我总得小心些，免得有朝一日他和那帮狐朋狗友前来生事，将垃圾秽物扔在我的好布料上……”

“那姓杨的若是果真一无是处，为何李恪还要留用他？”

“因为李恪与他半斤八两！那二人本来就是一丘之貉！我倒想问客官一句，为何李恪不曾娶妻成家？虽说他着实穷得叮当响，不过即使再穷的男人，也总能娶到更穷的女子为妻，像体面人那样正正经经居家过日子。他们倒好，两个大男人独自住在那破窝棚里，连个粗使女佣都没有，天知道晚上都干些什么勾当！”

裁缝说罢，两眼望着马荣似有所待，见马荣并未继续打问，便愈发凑到近前，低声说道：“这位客官听好，我从不编派别人的瞎话，向来宽厚待人，因此只能把话说到这里：有个邻居说过，曾在大半夜里看见一个女人溜进李家。后来我把这事说给菜店掌柜听时，他想起曾在天亮时看见过李恪让一个女人出门。客官想也明白，如此这般行径，不但会败坏周围邻里的名声，也难免影响到我的生意哩。”

马荣感叹了一句世风日下人心不古，又打听得那人姓杨名茂德，于是道谢辞去，一路走回衙院，口中不停埋怨这酷热的鬼天气。

四

马荣走入二堂，见洪亮正在助老爷更衣。县令官服乃是一袭厚重的墨绿锦袍，上有绣金衣领。狄公一边对着冠镜整理乌纱帽，一边听马荣禀报裁缝的说辞。

“对于这些消息，我尚且不知该如何看待。”狄公说道，“洪都头已查过所有走失人口的记录，也是一无所获。洪都头，且跟马荣说说你那边的情形！”

洪亮从书案上拿起一张笺纸，对马荣叙道：“九月初四，有两人被报失踪。一是本地的一个突厥马贩子声称女儿忽然不见，不过一月之后，她便再度现身，带着越境而来的丈夫与一个小婴孩。另有一人前来报官，道是其兄弟明奥自从九月初六出门后，再也没见回来[1]，此人是个锁匠，也会金工手艺。为了不出纰漏，我翻看了去年所有的记录，未见有一人名叫什么玉。”

就在此时，从衙院正门方向传来低沉的铜锣声，连敲三下，昭示早衙即将开堂。

在大堂与二堂之间，有一幅绛紫色的帷幕，上面用金线绣成巨大的獬豸图样，自古以来便是明察秋毫的象征。洪亮掀开帷幕，狄公迈步登上高台，在高高的案桌后坐定。案桌上铺着一块红布，前方垂至地面，桌上放着一摞公文，旁边还有一个硕大的长方形油纸包裹。狄公好奇地望了一眼，将两手笼在宽大的袍袖中，朝堂下左右打量。

大堂轩敞开阔，甚是凉爽。堂下只有十来个看众闲闲站在后方，显然是意在纳凉，而并非特地跑来观审。八名衙役分成两列，彼此相对端立在高台前，班头站在稍远处，手提重鞭，宽宽的皮腰带上挂着两副铁手铐。后面另有四人，看去皆是劳力打扮，身着整洁的蓝布外褂，面色局促不安。高台左边另有一张低桌，两名书吏正坐在桌旁，预备记录审案过程。

洪亮马荣立在狄公的座椅后方。狄公一拍惊堂木，宣道:“兰坊县衙开堂!”先清点过一众衙员，然后命班头将人犯带上。

班头示意一下，两名衙役从左门出去，拽着一个男子回到高台前。此人瘦骨伶仃，穿一件打有补丁的褐色外褂，下身套一条阔腿裤。狄公迅速打量一眼，只见他一张

---

❶ 此处的日期疑似有误，初六失踪，不可能初四提前报案。因各本皆如此，故依据原文照录。

长脸晒得黝黑，留着蓬乱的髭须，颏下短短一撮山羊胡，几绺油腻的散发垂在额前，被众衙役强按着跪在青石板地上。班头移步上前，立在人犯身后，不停摇晃手中的长鞭。

狄公翻看了几页摆在面前的公文，抬头厉声说道：“你就是阿刘？现年三十二岁，无家无业，居无定所？”

“正是，老爷。”阿刘带着哭腔说道，“不过小民想说的是——”

班头挥起鞭柄，打在阿刘的肩上，口中喝道：“老爷问什么，你就答什么，不许多嘴多舌！”

“班头听着，你且报上此人犯下何罪！”

班头端立在地，煞有介事地清清喉咙，开口叙道：“昨天晚上，此人在城东门内的周记酒馆里吃晚饭，与他在一起的还有曾三，是当地一个有名的地痞无赖。他二人要了四壶酒，因为如何付账而争吵起来。周掌柜过来劝架，二人算是讲了和，然后又开始掷骰子，曾三赌输了不少钱，忽然跳起来大骂阿刘出老千，于是二人大打出手。阿刘操起一只空酒壶，想要砸在曾三头上，周掌柜与其他几个客人一同上前拉扯，总算说服二人出门而去。有人听见曾三对阿刘道是要去破庙中决一雌雄，说的便是东门外山坡上的紫云寺，荒废无人已有十多年了，各路泼皮无赖都去那里过夜。”

“人犯与曾三果然一同去了紫云寺?”狄公问道。

“回老爷，当真去了。东门守卒证实说在子初时分，亲眼看见他二人出了城门，一路上大叫大嚷，互相吵骂不休。守卒警告说城门就要关闭，阿刘大声回道以后再也不会回来。”

阿刘抬头欲言，一见班头抬手扬鞭，立时又垂下头去。

“今日一早，天光刚刚破晓，孟猎户前来县衙报官，道是走入紫云寺大殿想要歇歇脚时，却看见佛坛前横着一具尸首。小人一听，即刻带了两名手下前去。只见死者的脑袋被砍下，就放在尸身一侧，地上还有一摊血污。小人认出死者正是曾三，杀人凶器也扔在地上，是一把突厥人制的双头斧。小人在寺内搜了一回，看见人犯正躺在花园一角的一棵树下呼呼大睡，外褂上沾有血迹。我唯恐回来再取差票的话，会让他趁机溜走，于是便以四处流窜为由，将他当场拿下。人犯供出在城内最后去过的地方是周记酒馆，我便立即奔去那里，听周掌柜讲述了二人吵嘴打架一事。周掌柜如今就在堂下，愿为此事作证，其他三位则是亲眼看见过二人争斗的两名客人与孟猎户。”

狄公点点头，转身对马荣低声问道:“两个无赖起争执，居然要用斧子来做一了断，算不得十分出奇吧？”

“正是，老爷。”马荣回道，“有人想要捅刀子，也有人想拿大棒当头来一下。”

“且来看看凶器！”

马荣打开油纸包裹，里面露出一把双头斧，曲柄有三尺来长，利刃上沾满干凝的血迹，青铜斧背上还刻有一个狞笑的神魔头像。

“班头，杀人者如何弄来这形制奇特的凶器？”

“回老爷，他随手便可拿到。佛寺大殿内如今空空荡荡，只剩下后墙处的旧佛坛。不过在侧殿的神龛里，仍有两枝长戟和两柄斧子。当日寺院中尚有僧尼时，这些器具是专在举行祭礼时跳舞用的。后来僧众散去，东西仍留在原处，由于被视为圣物，倒也无人敢于偷窃，生怕因此遭到报应。”

“曾三在本地可有亲眷？”

“没有，老爷。他有一个兄弟，名唤老五，不过已经跑去邻县同康，好些日子不在兰坊了。”

洪亮俯身对狄公说道：“我看过同康县令送来的一份官文抄件，得知不久前老五被判罚入狱六个月，同案犯是一个与他姘居的女人，罪名则是偷了一只猪。”

“明白了。”狄公说道，“阿刘，昨晚到底发生过何事，从实招来!"

"根本没事，青天大老爷，真是什么事都没有。小民可以对天发誓！曾三是我最要好的朋友，我怎会想要……"

"你明明与他大吵了一架，还想敲破他的脑袋。"狄公插言说道,"莫非也要抵赖不成?"

"回老爷话，这个自然不会抵赖。曾三与小民总是这般吵吵闹闹，正好用来打发时间。后来曾三说我出老千，这也是实情。我总是要出老千，曾三也总是想要捉住我的马脚，我二人一向乐意玩这把戏！小民没有杀他，还请老爷千万相信。我这就对天发誓，从没伤过别人一根寒毛，也从没——"

狄公一拍惊堂木，喝道:"且说你二人离开饭馆之后，又出了何事!"

"回老爷话，我们朝东门走去，亲亲热热地对骂了一路，出城之后，便互相挽着胳膊唱起了小曲。曾三扶我爬上台阶，因为我实在累得要命，整整一下午都在搬木头，替那个死抠门的……后来，我二人一直走到院内，曾三说：'我要去大殿里，睡在供桌上头!'我实在困得睁不开眼，就躺倒在一棵树底下。今天早上醒来一瞧，却是那狗娘养的……"阿刘讲到此处，见班头又举起鞭子，连忙收住话头，郁郁说道，“却是这位官爷在我肋条上踹了几脚，口中大声叫嚷，非说我犯下杀人害命之罪！”

“昨晚还有谁也在紫云寺内？”

“再没一个活人，老爷！”

“班头，仵作可否验过尸体？”

“回老爷，验过了，现有尸格在此。”

班头从袖中抽出一张叠起的文书，双手捧起，恭敬地呈至案桌上。狄公浏览一遍，洪亮马荣也从后方伸头看觑。

“凶手何必自找麻烦，非要砍下人头来，实在好笑！”马荣咕哝道，“给脖子上来一刀不就得了！”

狄公回头看了马荣一眼，低声说道：“仵作在尸格中道是尸身并无伤疤，也不见任何暴力痕迹。曾三既是个地痞无赖，这一点听去未免有些出奇。”说罢手捋长髯思忖片刻，对两名亲随又道：“这仵作本是个药铺掌柜，虽说品格端方，对验尸却是阅历甚浅。想来在着手查案之前，你我最好亲自去看过残尸。”

狄公一拍惊堂木，宣道：“班头，将人犯带回大牢！暂且休堂待命。”说罢起身离去，洪亮马荣跟在后面。

五

三人穿过公廨，直朝衙院后方的大牢走去。此处有一间侧厅用作殓房。

厅堂颇为狭窄，红砖铺地，弥漫着一股霉腥味。正中央立着一张高高的板桌，桌面上铺有芦席，似是覆盖着一个长条物事，旁边地上还有一只大竹篮。

狄公抬手一指篮子，对马荣说道："先看人头。"

马荣将竹篮提到桌上，揭开盖子一瞧，不禁面露嫌恶。"简直没法看，老爷！"说罢先拉起项巾掩住口鼻，然后抓住沾染血污的长发，从篮中拎出人头，脸面朝上放在竹篮一侧。

狄公反剪两手，默默打量着眼前的骇人之物。曾三的脸孔黝黑肿胀，左颊上刻着一道旧疤痕，令相貌颇有损毁。头发纠结缠绕，贴在皱纹毕现的窄额上，半掩住充血破裂的两眼。凌乱的髭须垂落下来，厚厚的双唇歪斜成冷笑模样，露出一口参差不齐的黄牙。脖颈处剩下一段残桩，上面粘连着破碎的皮肉与干凝的血迹。

“从面相看去，似非良善之辈，”狄公说道，“洪亮，将这芦席揭去！”

桌上横陈着一具无头裸尸，体格匀称，宽肩细腰，修长的双臂筋肉结实。

“这厮个头很高，健壮有力，”马荣议论道，“不像是会乖乖伸出脖子任人砍头的主儿。”说罢俯身细看断颈处，“啊呀，这里有一道青紫印记，还擦破了几处皮肉。老爷，曾三是被人用一根细绳勒死的，很可能从背后下手。”

狄公点头说道：“你说得有理，马荣，那道印痕就是明证。有人事先料到面孔看起来不同，于是便砍下头颅，希图就此蒙混过去。这桩凶案究竟发生在何时？”说罢伸手摸一摸尸体的四肢，又抬起右肘：“从这情形推断，应是死于午夜前后，至少有一点总算与班头的说法相符。”正要松手时，忽又停住动作，掰开一只攥紧的拳头，见手掌肌肤平滑，又细细端详过手指，方才任由死者的手臂落下，随即走到板桌另一头查看两脚，看罢后站直起来，对洪亮说道：“墙角处那个包裹带有血迹，想必里面装着死者的衣裤？拿过来打开瞧瞧！”

狄公从一堆衣物中拣出一条打有补丁的长裤，将其平放在死尸的腿上，低声说道：“果然不出我所料！”抬眼看看洪亮马荣，面色一沉：“就在今早，我说过此案只是地痞流氓的逞凶斗殴，却是大错特错了！如今看来，此乃一起双尸案。”

洪亮马荣直盯着狄公，一脸困惑不解。洪亮开口说道：“双尸案？老爷这话是何意思？”

“意思就是丧命的不是一人，而是两人，并且两颗头颅皆被砍下，为的是能彼此换过。莫非你们看不出来这并非曾三的尸身？脸面晒得黝黑，但手掌与前臂却是白皙平滑。两手显然一向精心保养，而且脚上居然没有老茧！虽然曾三的裤子对他来说未免过长，不过此人的身量也相当高大。县衙班头还是见识不够，有待长进！”

“我这就把那蠢货叫来！”马荣咕哝道，“然后再给他一顿好……”

“不可如此行事！”狄公迅速说道，“凶手将案子做得貌似只有曾三一人被杀，并且以此充作曾三的尸身，其中必定大有缘故。如今我们先不要声张出去。”

“那曾三的尸身又在何处？还有另一颗人头？”马荣疑惑地问道。

“我也正想知道。”狄公答道，“老天，两人已然丧命，而我们却还全不知晓凶手为何要下此狠手！”说罢揪一揪髭须，低头注视着曾三扭曲的脸面，转身又道，“我们这就去隔壁的大牢中，问那阿刘几句。”

五

牢房内十分阴暗，阿刘蜷坐在铁栅对面，几乎看不出有人在此。阿刘一见狄公等人过来，急忙躲进墙角最深处，身上的铁链哐啷作响，发狂般地叫道："别打我！我发誓……"

"闭嘴！"狄公呵斥一声，又稍稍和缓说道，"本县只想问你有关曾三的事。如果不是你在紫云寺中杀了他，那么凶手会是何人？你衣服上的血迹又从何而来？"

阿刘爬到牢门前，用套着镣铐的两手抱住膝头，哭腔哭调地说道："青天大老爷，小民实在不知。我哪能晓得凶手到底是何人？曾三自然有不少仇家，如今讨生活着实不易，谁还能没有几个对头？不过没人会冒着掉脑袋的风险来除掉他，谁也不会这么干。至于那些血迹，天知道怎么会跑到我的衣服上去，我只记得离开酒馆时还根本没有哩！"说罢摇一摇头，接着又道："曾三是条硬汉，徒手打架很有两下子，拼起刀子来也是好手。我的天，莫非是……"说到此处，忽然住口不语。

"有话快讲！莫非是什么？"

"哦哦……回老爷话，小民心想定是那女鬼作祟。我们管她叫佛寺幽灵，穿着一身长袍，到了月圆之夜，便会在花园里走来走去，不但专吸人血，还喜欢咬下爷们的脑袋，好不吓人哩。我等从不敢去那边，每逢——"

“少说这些鬼话!”狄公不耐烦地喝道,“曾三最近有没有跟人闹翻过?我是说正经闹翻,而并非酒后拌嘴之类!”

“回老爷话,就在一个多月之前,他和同胞兄弟大吵过一架。其弟名叫老五,个头虽不及曾三高,却也是心狠手辣,只因抢走了曾三的相好,曾三便发誓赌咒说非得宰了老五不可,于是老五就带着那女人离开兰坊,跑到同康去了。不过总不至于为了个娘儿们便要杀人,老爷说是不是?如果与银钱有关的话……”

“曾三认识的人里,有没有一个身材高瘦的男子?看去有些像公子哥儿,类似店铺伙计之类。”

阿刘攒眉苦思半日,方才答道:“还真有一个。我见过那人几回,个头很高,穿件齐整的蓝袍,头戴一顶像模像样的帽子。我问曾三那人是谁,他二人在一起叽叽咕咕都说了些甚,曾三却叫我闭嘴,还说少管闲事,从此我就绝口不提了。”

“你要是再见到那人,可否认得出他来?”

“认不出来,老爷。他二人总是天黑以后才碰面,就在紫云寺的前院里。那人似乎没留胡子,只有一撇髭须。”

“阿刘,本县望你已吐尽实情,对你自己好些!”

三人一路走回二堂时,狄公说道:“阿刘这一番言语,已然揭出了某些内情。有人竟大费周章，非要构陷阿刘做了替罪羊，如今留他在大牢里倒是更安全些。洪都头，你去告诉班头，今日县衙暂不开堂，有事且等明天。我已答应过几位夫人，逢此吉日，午时会与她们一道用饭，如今非得去更衣不可，等用过饭后，再与洪都头和班头前去紫云寺，在案发之地勘察一番。马荣，我想让你午后跑一趟城内西北一带，就是突厥人、回纥人还有其他胡人聚居之处。凶手用的既是突厥斧子，不定正是一个突厥人，或是与突厥人有来往的汉人也未可知，必是用惯了那种曲柄大斧，操弄起来才会如此干净利落。你只需去那些胡人出入的下等饭铺里走一走，再小心打探一二!”

“回老爷，我还有个更好的法子!”马荣兴冲冲地说道，“可以去问问吐尔贝!”

洪亮闻听此言，朝狄公投去意味深长的一瞥，不过为了谨慎起见，并未评议一句。吐尔贝原是个回纥妓女，大约半年前，马荣一度对她十分迷恋，[1] 然而好景不长，没过多久便自觉招架不住，只因她极爱喝气味腥膻的奶茶，且又极不爱沐浴洁身，后来得知吐尔贝早有一个情郎，是个赶骆驼的室韦人，并为他生下二子，大儿七岁，

[1] 见《迷宫案》。——原注

小儿四岁。马荣一听说此事，便与吐尔贝好合好散，不但用自己的积蓄为她赎身，还替她置办了一个专卖汤水的露天饭铺。吐尔贝与其情郎终成眷属时，马荣前去赴婚宴并充作伴郎。宴席上全是烤肉烈酒，众宾客吃喝了整整一夜，直到天光破晓时方才散去。马荣酒醒之后，只觉备极苦痛，真乃数年不遇的惨烈遭际。

狄公斟酌片刻，方才审慎说道："通常说来，胡人对于族内之事大都讳莫如深。不过，你与那女子颇有交情，不定她会对你痛快透露些消息。无论如何，总是值得一试。你一旦回来，便立刻向我禀报。"

洪亮马荣在三班房内一道用饭。马荣命一兵士从附近的酒肆中买来一大壶酒，喝罢后放下酒杯，咧嘴笑道："我知道吐尔贝那里没有好酒，因此事先灌饱肚子为上！为了不惹人注意，我得去换一身旧衣服。你与老爷搜查紫云寺，还望能交好运！"

马荣走后，洪亮饮过茶水，施施然走向衙院后方的内宅。老管家出来应门，道是老爷用过午饭后，与三位夫人同去了后花园。洪亮点点头，一路朝内走去。在所有衙员里，洪亮是唯一可进入女眷内宅之人，对于如此殊遇，向来深以为荣。

花园内甚为凉爽。以往有一位兰坊县令，对园艺之道十分热衷，曾在此处精心设计布局。只见高大的橡树与槐树展开枝叶，遮蔽住曲曲折折的小径。小径由黑石铺成，一块块表面光滑、形状各异。每行至转角处，便能听见汩汩的水声，却是一条小溪从灌木丛中蜿蜒流过。行走数步，便会看见一棵花树点缀林间，粉白娇黄，明艳似锦，令人赏心悦目。

洪亮转过最后一个拐弯处，眼前出现一小片开阔地，周围排着一圈大石，石上青苔密布。一丛飒飒作响的修竹下，立着一张乡间石凳，二夫人与三夫人正坐在那边，注目凝望着园中的莲池。这莲池位于地势最低处，后面便是衙院外墙，沿墙特意栽种了一排松树为饰。莲池中央有一座小小的水榭，六根朱漆细柱支撑起攒尖屋顶，四周飞檐翘角，十分美观。栏杆旁有一张桌案，狄公与大夫人正弯腰俯身，朝向桌面。

二夫人对洪亮说道："老爷要写大字，我二人先等在这里，免得过去打扰。"这位二夫人虽说貌不出众，却总是一脸和悦的喜气，乌发在脑后盘成样式简朴的单髻，身着素白长裙，外罩绛紫丝褂，平日里主管家中账目。三夫人身着蓝丝长袖衣裙，丰胸下系一条大红丝绦，愈发显得身段窈窕，头上精心盘出一个高髻，与那轮廓分明的清秀面庞十分合衬。她生性好动，尤爱骑马，亦好习字作画，平日里负责教几个小儿女读书。洪亮对两位夫人蔼然点头致意，随后走下石阶，直朝莲池方向而去。

池上有一架汉白玉石桥，一路弯弯曲曲，行至最高处便是水榭。洪亮走上桥面，见狄公正立在桌前，手握一支粗大的毛笔，仔细端详着铺在桌上的一张红纸。旁边另有一张小桌，大夫人正在那边忙着磨墨，一张鹅蛋脸端庄妩媚，乌发分作三绺盘起，束一条窄窄的金色发带，值此三十九岁芳辰，特意穿了一件合体的蓝白二色绣花丝裙，更显出身形曼妙。二十年前，狄公正值弱冠时，娶了这位十九岁的夫人，两家的父亲既同为显宦，又是莫逆之交。大夫人身为长女，自幼延师受教，素养极佳，长成后性情坚毅、品格出众，婚后亦是贤明主母，向来持家有方。

只见大夫人停住手，示意夫君墨已研好。狄公提笔润了一润，挽起右袖，随即笔走龙蛇、一挥而就，书成一个四尺见方的“寿”字。

洪亮立在桥上，待狄公写罢搁笔，方才走到近前，大声赞道：“老爷的书法真是妙极！”

“洪都头，我想让老爷亲手写下这个‘寿’字！”大夫人满意地笑道，“今晚便贴在宴厅的墙上！”

这时二夫人三夫人也一路奔来，上前赏看老爷的墨宝，拍手称赞不已。

狄公微微笑道：“皆因有大夫人磨墨，你二人预备纸笔，这字才会如此之好！我还得去那荒废的紫云寺跑一趟，如今非走不可，皆因昨晚有几个游民在寺内发生争斗。若是时辰尚早，我再去拜访那庵堂中的女住持，告诉她我正预备派人在山上驻守。”

“还请老爷千万吩咐下去！”二夫人急急说道，“住持她独自一人住在庵堂里，身边只有一名侍女。”

“老爷应劝说她搬进城里，”大夫人说道，“城内明明有两三处闲置的庙观，大可入住，也省得她成天如此辛苦，走老远的路来县衙教授我们插花了。”

“此事我自会尽力。”狄公许诺道，心知这女住持深得几位夫人的喜爱，乃是她们在兰坊结交的密友之一，随后又道，“今日午后，当地名流士绅的女眷们定将陆续前来祝寿，夫人还得一一接待，想也不得清闲。办完公事后，我便尽早回来。”

三位夫人将狄公一路恭送至花园门口。

六

衙院中庭内，官轿已然备好，八名身强力壮的轿夫立在一旁，班头领着十名衙役骑马等待。狄公坐入轿中，洪亮也跟着进来。

官轿走近东门时，洪亮问道:“老爷，凶手为何非要大费周折、砍下两颗人头？为何又要换过尸身?”

“洪亮，有一点显而易见，即那名凶手——或者几名凶手！——并不在意曾三死后暴露身份，但是不知出于何种原因，却不想让曾三的尸身被人发现，同时还想瞒过另有一人被杀的事实，并想要隐匿那人的身份。不过很可能还有其他不甚明显的原因。无论如何，你我先不必忧心这些，当务之急是找到曾三的尸身与另一死者的头颅，想必就藏在紫云寺内，或是附近的地方。”

一行人马穿过东门时，几个游手好闲之徒原本在道旁的店铺与货摊上闲逛，眼见官驾出行，便好奇地尾随在后，想要看看究竟出了何事。这时班头举起长鞭呵斥几声，命他们不得跟来。

山脚下有一座石头牌坊，穿过之后，顺着树木丛生的山坡朝上走不多远，只见一行石阶直通上去。班头与众衙役纷纷甩镫下马，轿夫们放下官轿。狄公对洪亮嘱道："洪亮，不必告诉他们到底要找什么！我就说是一口大箱子之类。"说罢走出轿门，抬眼一望陡峭的石阶，不觉面上犹疑，对班头说道："大热天里走上山去，这一路可不轻松！"

"回老爷，这台阶大约有二百级，不过已是最快的路了。寺院背后有一条小径，顺坡而下便是官道，从那里还有一条近道直通北门。不过要走上山顶，却得花半个多时辰，只有打猎或打柴之人才走那边，前来寺内过夜的无赖闲汉都是走这里上去。"

"明白了。"狄公说罢，撩起衣袍前襟，迈步登上饱经风雨侵蚀的宽阔石阶。

走到半程时，狄公见洪亮已是气喘吁吁，于是命众人停下稍歇。行至石阶的尽头处时，只见一片野草丛生的开阔地，周围巨树环绕，对面立着一座灰石山门，两旁皆是高大院墙，望之森然可畏。在山门正上方，用七彩琉璃镶嵌成"紫云寺"三个大字。

"启禀老爷，沿着院墙边的小路一直朝右走，便是新建的庵堂。"班头说道，"如今女住持住在里面，另有一个随身侍女。小人还没去问过她们昨晚可否听到过什么动静。”

“本县想先看看案发之处，”狄公说道，“前面领路！”

前庭内铺有砖石，如今遍地杂草，墙壁也有多处塌陷。大殿高高耸立，左右两旁各有一座三层佛塔，虽然久经岁月侵蚀，仍是完整地留存至今。

“这种异域建筑，自然绝难与吾华的完美构造相提并论。”狄公对洪亮议论道，“不过从工艺角度而言，须得说天竺匠人确实手法精湛，那两座佛塔真是完全对称。据我看来，这寺院修建于三百年前，至今依然十分完好。班头，你是在何处找到阿刘的？”

庭院左边有一片密林，右边则是一片荒地，散布着许多大石。班头引路走到林边。狄公觉得此处比城内稍稍凉爽，暖风拂面，蝉鸣声不绝于耳。

“老爷请看，这里原是一个漂亮的大花园，如今却已杂树乱生，即使那些在大殿与庭院内歇脚的无赖闲汉们也不敢进去。听说林子里有不少毒蛇。”班头说罢，抬手指着一棵老橡树，“阿刘当时就躺在那棵树下，头枕在隆起的树根上。据小人推想，他杀死曾三之后想要溜走，结果周围一片漆黑，一不留神被树根绊倒，再加上当时喝得大醉，跌了一跤之后便不省人事。”

“明白了。进大殿去看看。”

几名衙役推开殿前的六折门，槅扇上朽木的碎片纷纷兜头落下。狄公走上宽阔的三级石阶，跨过高高的门槛，朝里面四下打量。只见殿内十分幽暗，仿佛巨穴一般，左右两旁各有六根石柱，支撑起粗大的横梁，梁上积满尘垢的蛛网垂落下来，活像一面面灰色的三角旗。后墙处隐约可见一张乌木香案，大约一丈多长、五尺多高，旁边墙上开有一扇窄窄的小门，上方高处有一扇四方形窗户，已用木板封起。狄公抬手指着窗户，对班头说道：“何不叫你的手下打开那扇窗子？这里实在太过阴暗！”

班头示意一下，便有两名衙役走到左边一排石柱后，从神龛里取出两支长戟，开始撬戳窗上钉的木板。狄公又踱至大殿中央，缓捋颊须，默默顾视四周。此间潮湿溽热，闷塞不堪，墙面上每隔一段便开有一个小洞，用于插入火把，除此之外，别无他物可以暗示出以前曾发生过逾矩不轨之事，不过殿内仍隐隐散发出一股狞邪之气。狄公忽然有种古怪的感觉，似是有人正在暗处不怀好意地紧盯着自己。

“老爷，听说这墙上以前悬有巨幅彩画，”班头大声说道，“全是光着身子的男女神佛，还有——”

“本县对这些道听途说不感兴趣！”狄公呵斥一句，见班头面露不悦之色，又稍稍和缓说道，“那些柱子后面的灰堆，你看是从哪里来的?”

“回老爷，每到冬天，那些泼皮无赖常会来这里烧柴取暖，数九寒天时还会在此处过夜，这些厚实的墙壁多少能抵挡风雪。”

“正中央的这一堆灰烬，看似却是新近才烧出的。”狄公说道。只见一块石板被撬起后，地面上现出一个圆形浅坑，坑内积着灰烬，周围的石板上刻有一圈莲瓣图样，狄公这才发现此处正是整个大殿的中心，周围共有八块石头，上面刻着异国文字。

此时衙役已将后墙窗上的木板撬下，只听砰然一声巨响，又见两团黑影从横梁上猛冲下来，一个从狄公头上振翅擦过，发出尖利而古怪的叫声，随即朝正门上方的暗处飞去。原来是两只蝙蝠。

洪亮对着香案前的地面仔细打量半日，站直说道：“老爷，如今殿内亮堂得多了，方可看清这里曾有过一摊血迹，不过已浸入厚厚的尘土和秽物之中，周围脚印凌乱，很难发现什么线索。”

狄公走到近前，弯腰细看地面，“天知道这里到底出过何事！班头，叫你的手下统统过来!”待众衙役围拢在身前，接着又道：“本县得知一个消息，就在案发前后，有一只大木箱被人藏在殿内，或是外头什么地方。我们先从里面搜起，本县与洪都头带三人去左厢，班头带其余人去右厢。听说箱子很大，因此务必仔细查找暗处的橱柜、看似新近动过的砖石或暗门之类。这便分头前去！”

放置兵器的神龛旁有一扇小门，两名衙役上前打开。除了方才用过又放回原处的两支长戟，龛内还有一把突厥式的双头斧，与那杀人凶器一模一样。众人走入一条狭窄的过道，大约两丈多长，两边各有四个门洞，门内的房间又长又窄，全靠一扇打开的窗户照亮，糊有窗纸的槅扇早已不见踪影。

“这里显然是法师住的禅房。这寺院的格局本就是左右对称，因此右厢必定也有同样的八间。”狄公说罢，指着地上铺的砖石，对一名衙役又道，“你且过来！试试能否将这些石板撬起，看去贴合得并非十分紧密。另外二人去查看对面屋里的地板。”

衙役抽出一把匕首，将刀尖插入板缝中，没费多少力气便撬起了三块，口中念道：“且看这里埋了些什么！”说罢用匕首刨一刨松软的泥土，可惜除了坚硬的石头地基之外，未见有任何东西。

“此处果然大有文章，老爷！”洪亮兴奋地说道，“有人曾想把一个大家伙埋在这里，不过发现挖出的坑不够深，便又打消了念头！”

“正是如此，洪亮。我们先不必看其他屋子，凶手必定登上过佛塔，为了看看哪里有一片空地，还——”

“老爷请过来看一眼！”一名衙役说道，“对面屋里的石板，有一半都被人动过了！”

二人急忙跟去。只见屋内地中央的六块石板全被撬起，整整齐齐摞在墙角处。狄公伸手轻揩最上面的一块，发觉蒙着薄薄一层尘土，便对那衙役命道：“再去看看其他几间！”

众人一路看去，皆是同样光景。有几间屋里，被撬起的石板齐整地放在一处，其余几间内则是被胡乱扔在墙角。

“上佛塔去！”狄公命道，随即穿过廊道尽头的门洞，走入一间八角形的阔大厅堂。此处正是西塔的底层，地面看去未被动过。

“倒是合情合理，”狄公低声说道，“这里的石板贴在一层灰浆上，非得用鹤嘴锄才能撬动。但是你看那墙板！”

砖墙上原本包有木板，如今已然朽烂，有几处被人拆下，露出后方离墙两寸来宽的空隙。

“真想不出为何……” 洪亮疑惑地开口说道。

“我能想得出。”狄公断然插言道，“你们几个去查看楼梯和上面两层。洪都头，你随我来！我们去塔顶透一透气！”

二人踩上嘎吱作响的楼梯，有的台阶已经朽烂，木板上裂出洞来，只得一路小心绕行。

攒尖塔顶的飞檐下有一圈窄窄的阳台。狄公站在低矮的栏杆旁，手笼袖中，俯瞰着下方一大片碧绿的树梢，半晌过后，对洪亮微微笑道：“方才在楼下时，我说话急躁了些，还请你勿要见怪。此案真是扑朔迷离。如今我们已有了第一条线索，不过看似与杀人案并无多少关联！有人已彻底搜过整个寺院，却不是为了寻找藏匿尸体或人头的地方，并且行事也不在昨天，而是一段时间之前。他们要找的东西不大，只有几寸见方。”

洪亮缓缓点头，问道：“老爷如何知道他们在找一个如此小巧之物？”

“有人在头一间屋里撬起地上铺的砖石，结果发现下面的泥土只有五六寸厚，接着逐个儿查看过其余禅房，想要找到埋在地下的什么东西，后来又去搜寻护墙板后面的空隙处。你方才也已看见，那地方离墙只有几寸。”狄公思忖半晌，又道，“据我想来，前来搜寻的只有两人。一个手法老练，过后将砖石小心地放回原处，不想被人看出痕迹来。另一个则浑不在意，将撬起的砖石胡乱扔在墙角了事，并且拆下了墙上的木板。”

“老爷方才说这些人寻找藏匿的东西，与杀人案并无多少关联。不过我们已得知曾三以前常来此处，因此在杀人与搜物之间不定有些联系，虽然搜物要远远早于杀人。”

“你说得有理，洪亮！我们必须仔细考虑此种可能。曾三与另一人被杀，或许正是因为他们发现了另外一伙人没能找到的东西！”狄公手捋长髯，思忖半晌，又道，“至于那失踪不见的人头与尸身，我们不大会在室内找到。你想必也已留意到四处都不见一滴血迹，也没有血污被擦去的痕迹。”说罢抬手一指下面的树丛，“要找那两样东西，显然应该去树林里。从此高处看去，紫云寺占地相当阔大，因此搜起来也很是吃力。我们这就下去吧。”

三名衙役已查看过下面几层，禀报说并无被人搜过的迹象，墙上没有护板，砖石也原样未动。

班头立在大殿内，汗湿的面上沾满尘土，正在用项巾不住擦拭。几名手下站在旁边，彼此低声议论。

“回老爷，有人翻动过地面与墙壁，”班头垂头丧气地禀道，“不过我等没能发现什么大箱子。”

“想必是埋在了花园某处也未可知。另外，香案旁的那扇小门通向何处？本县方才登上西塔的顶层，并未看见院墙上开有后门。”

"回老爷，那扇门通向殿后的一小片地方。那边的墙上曾经开有一扇门，不过许多年前已用砖石封死。"

"明白了。你带着所有手下去花园里，看看有没有新近被人挖开过的地方，我和洪都头正好去庵堂走一趟。"

穿过前庭时，狄公说道："凶手定是有一名同伙。将曾三的尸身一路拖到外面，把血迹涂抹在阿刘的衣服上，再把尸身与另一颗人头埋在密林之中——这都不是独自一人能做的活计！不但有两名凶犯，而且动机不明！洪亮，此案实在令我心烦得很。"

二人走过山门，顺着沿墙的小路一径下去。狄公又道："每逢时局动荡，僧人们常会将金佛像与其他贵重法器一并埋起，免得被人偷去。若是紫云寺中也有类似的宝藏，倒不失为一个合情合理的作案动机。唯一麻烦的是我还从未听说过此处藏有什么宝物！"

"或许有人偶然发现了什么陈年旧录也未可知哩，老爷。"

"此话大有道理，洪亮！会不会是有人因此召来三四个无赖，帮忙悄悄搜寻这暗藏的宝物？假如曾三与另外那人也在其中，并企图将所有财宝据为己有的话，正是其他人要杀死他们两个的理由。有了这一假设，大可将搜物与杀人合理地联系起来。"

小径通向佛寺与庵堂之间的一片树林。狄公驻足四望，说道:“站在此处，可以看清整个寺院。从后墙下去便是山坡，貌似十分陡峭，难怪通向官道的小路上会有几个急转弯处。洪亮，我们务必多多了解这紫云寺的历史。回到衙院后，你去翻看一下公廨中的旧文书，查明官府到底在何时下令遣散寺内僧众，当时住持是何人，后来去了何处，以及是否有藏宝的传闻，等等。”

二人走不多远，便已穿林而出，眼前出现一座小小的庵堂，纯然中华式样，外墙刷得十分干净，屋顶上铺有碧绿琉璃瓦，飞檐翘角看去好似龙尾一般。不知从何处隐隐传来鸭叫声，除此之外，唯闻一片悠长不断的吱吱蝉鸣。

洪亮拍了几下朱漆大门上的紫铜门环。只见窥孔打开，一个年轻女子在格栅后露出脸来，一双机警的大眼上下打量着二位来客，不客气地问道:“你们想要做甚?”

“我们从县衙而来，”洪亮说道，“还不开门!”

女子将二人引入一个小小的庭院。只见她身着简朴的墨蓝外褂与长裤，显见得正是侍女，生得倒颇有几分俊俏，圆圆的面颊上嵌着一对梨涡。院内灰石铺地，异常洁净，为了消暑还在地上洒过清水。左边有一座红砖砌成的小小房舍，右边的房舍稍稍大些，外面游廊环绕，后方大殿的外墙全都刷成雪白，几根大柱支撑起朱漆飞檐。角落处有一口水井，井旁立着一只木架，架上一排盆栽花草，最高一层放着几只瓷瓶，里面插的花卉甚为雅致，狄公看出正是自家几位夫人的插花风格，猜想应是出自住持之手。此时飘来一股兰花的幽香，想不到在废庙背后，竟有这般宜人的所在，着实令人心情大好。

“二位官爷到此，究竟有何贵干?”侍女不耐烦地问道。

“将我的名帖送给师父。”狄公说着，探手入袖摸索几下。

“师父此时正在歇息，”侍女愠怒说道，“今晚还得进城，去县令老爷家中赴宴哩。若是官爷非要如此，小女子就……”

“不必了。”狄公连忙说道，“此番前来，只想问问你们昨晚可否听到或看到什么出奇之事，皆因有几个无赖闲汉在紫云寺内惹出事端，大约就在午夜前后。”

“午夜前后?”侍女语带讥讽，抬手朝四下团团一指，接着又道，“老实跟你说，所有这些地方，全靠我一人收拾打扫！虽是小小一座庵堂，不过香案上仍有许多玩意儿需要掸灰除尘。你想我忙了一整天之后，不说赶紧倒头睡下，还会干坐到夜半三更么?”

“所有采买的活计，莫非也归你料理?”狄公好奇地问道，“若是你每天都得走石阶上山下山的话——”

“每隔六七天，我才会出门一趟，买些黄豆、盐巴和豆腐。我们从不吃荤腥——真是好生晦气!”

“不过我好像听见有鸭叫声。”

侍女面色稍霁。“那些都是我的鸭子。师父命我养它们，为的是要收鸭蛋。小鸭十分讨人喜欢……”忽又收住话头，转而问道，“可还有别的事?”

“暂且没有。洪亮，我们走吧，去看看他们在寺内进展如何。”

二人重又穿林而过时，洪亮说道：“好一个厉害的毛丫头!”

狄公耸耸肩头：“那姑娘喜欢鸭子，至少也还不错。我很高兴能进庵堂一观，处处看去都很雅洁，足证夫人们对那女住持如此看重，确实不无道理。”

班头与两名衙役正坐在大殿前的台阶上，衣衫凌乱、大汗淋漓，一见狄公走入庭院，立时跳下地来。

“启禀老爷，什么也没找到！那片该死的野树林子，敢说已经很久没人进去过了！里面连一条路都没有，也没看见被挖过的痕迹。还有几人仍在绕着院墙一路搜查。”

狄公在墙边阴凉处的一块大石上坐下，用力摇着扇子。过了半晌，洪亮说道："老爷说过凶手定有一个同伙。他们会不会临时扎起一副担架，将尸身抬下山去了？"

"虽有可能，不过不大会办得到。他们须得冒着遇见其他无赖的风险，那些人都是多嘴多舌的好事之徒。据我想来，花园仍是最好的藏尸之处。"

这时又见几名衙役钻出花园，皆是连连摇头。

狄公起身说道："天色已是不早，我们最好回衙院去。班头，你去封起殿门，留下二人在此看守，并务必在傍晚时派人替换。"

七

马荣换过一条阔腿裤，套上一件打了补丁的蓝布旧外褂，又拿了一根红布条扎在头上。兰坊城西北一带住着许多突厥人、天竺人、回纥人与其他胡人，换上这一身破烂装束前去，想必不会十分显眼。

虽然路途甚远，马荣却走得很快，只因正值午睡时分，所有店铺皆已关门闭户，街中少有行人。经过鼓楼后，路上渐渐热闹起来：住在此处的穷苦百姓午间匆匆吃过面条，立时重又开始劳作，只为挣几个小钱好去吃顿晚饭。

后街上浊臭逼人，一群胡人苦力与汉人小贩正在口角，马荣从当中穿过，终于走到吐尔贝开汤水铺的小巷中，远远便看见她立于灶前，正在训斥搅动锅下炉火的大儿，小儿则贴在她的腿上。如今时辰尚早，还没见有主顾前来。马荣悠悠然走上前去。

“马荣！”吐尔贝欣喜地叫道，“又见到你了，真是叫人高兴！你怎会落得这副模样！莫非被你家县令老爷踢出来了不成？我总说你这人心肠太好，不是当官差的料子，本该——”

“小声些!”马荣连忙说道，“我有公事在身，才特意如此穿戴。”

这时小儿非要粘在吐尔贝身上，吐尔贝抬手甩给他一记耳光，叫道：“你这烦人的小鬼头，快走开!”小儿立时放声哭叫，大儿鄙夷地斜眼一瞥马荣，朝火里啐了一口唾沫。马荣重又闻到了熟悉的腥膻气味，见吐尔贝鼻孔乌黑，身形也变得臃肿，心中不禁暗自庆幸，多谢老天有眼，让自己免受这种种难堪情状！马荣从袖中摸出一串铜板，开口说道：“这些——”

吐尔贝连连摆手：“你好不丢人！居然要给我钱，也只有你才想得出来!”不过仍将铜钱纳入袖中，接着又道：“我那汉子今天不在家，你我可以进屋好好说一回话，让两个小家伙招呼生意，再——”

“我已跟你说过，出来全是为了公事!”马荣连忙说道，“那钱是用来打探消息的！去那边长凳上坐下再说。”

“你随我来!”吐尔贝不由分说抓起马荣的手，“捎带脚也会听到消息的！出门当差自然是好事，不过……有些事一言难尽，你也知道我对你的心意!”说罢冲门口意味深长地瞟了一眼。

马荣又见昔日情人

马荣按着吐尔贝坐在长凳上，自己也从旁坐下："且等下回吧，好人儿。实话告诉你，我当真有急事要办！在东门附近有个无赖，名叫曾三，与几个你们的人闹出乱子来，这回可是真出了大乱子，曾三的头被人砍下，我正为查明此事而来。"

"我们的人不会和汉人无赖厮混在一起，"吐尔贝愠怒说道，"他们互相言语不通，又怎能混到一处去呢？"说罢面上一喜，又道，"你可还记得，当初是如何教我说汉话的？"

"当然记得！"马荣不禁咧嘴一笑，"我并没说你们的人做了什么坏事，我家老爷只是不想再出乱子，他一向喜欢将家里管得井井有序，公务上也是一样。你且好好想想！有没有偶然听见吃客们说过东门外紫云寺内打架的事？"

吐尔贝掏着鼻孔思忖半日，缓缓说道："近来我只听说过一件大事，就是一个突厥首领被人杀死，发生在边境那边，怕是会引起两族仇杀哩。"说罢斜瞟了马荣一眼，又道："你说到紫云寺，倒是让我想起一件事来。朝前再走四条街，住着一个古怪的突厥女人，名叫塔拉。她是个货真价实的女巫，能知道过去和将来的事。如果族里有人想要办大事，总会先去问她一问。她什么都知道，马荣，真的是无所不知！不过她不一定会把知道的事全说出来！如今很多人都痛恨她，非说她故意不讲真话，多半是成心的。他们若不是非常怕她的话，早就……”说罢伸出食指，在喉头处比划一下。

“我如何才能找到那地方？”

“别胡乱捣鼓那炉子！”吐尔贝冲大儿喝道，“带这位马长官去找塔拉！”见马荣起身离座，又低声说道，“仔细留神周围，马荣！那一带很不太平！”

“我自会小心！多谢你了！”

男孩引着马荣走过一条曲巷，两旁皆是平房，泥墙凸凹不平，上有粗糙的茅草屋顶。男孩伸手一指路旁的一座房舍，随即转身跑开。此房看去颇大，尖尖的屋顶令人想起突厥式的帐篷。附近只有三个突厥人，正背靠外墙蹲坐在地，身穿肥大的皮裤，腰系阔带，光裸着筋肉粗壮的上身，炎炎烈日照在三颗圆头上，除了脑后留下一绺长发，其他地方全都剃得精光。马荣走过时，其中一人操着蹩脚的汉话对同伴说道：“如今她连汉狗都肯收了！”

马荣虽听见这等不堪之辞，却有意未加理会，上前掀开油腻腻的门帘。房内十分幽暗，只能模糊分辨出两个人影。夯土地面上有一个凹坑，坑内生着一小堆火，那二人正挤在火堆旁，全不在意来者是何人。马荣在门边的一张矮凳上坐下，从外面乍入此间，两眼还未能适应暗处，因此看不见多少东西。清凉的空气中带有异国熏香气味，令马荣想起了药铺，似是一股樟木的味道。一人裹着斗篷蹲坐在地，背朝这边，正喋喋不休地说着胡语，听去喉音甚重，原来是个身穿突厥式毡衣的老妇。对面的女子似是坐在火堆旁的一张低椅上，全身裹着一件又长又大的斗篷，从肩头直垂到地面，因此看不出身形，头上未戴帽子或头巾，乌发直披下去，半掩住低垂的面庞，正在听那老妇不停诉说。

马荣抱臂坐等了许久，打量着屋内寥寥几件家什。在那女巫背后，靠墙摆放着一张低矮粗糙的板床，两旁各有一只竹凳，其中一凳上立着一个黄铜手铃，细长的手柄雕花精美。板床上方的墙面中，有一双硕大的眼睛朝下直瞪着马荣，却是一幅彩画，画中的佛像比真人还大，形容十分可怖。长发直直竖起，在巨大的头颅四周围成一圈光轮，右手挥舞一只奇形怪状的法器，左手端着一只人头骨制成的杯子，全身赤裸，肌肤通红肥硕，唯有腰间围着一张虎皮，肩上绕着一条长蛇，张开大嘴伸出舌头，面露嘲弄般的冷笑，那舌头竟似一动一动，莫非是由于火光闪烁的缘故？马荣心中忽然闪过一念，仿佛眼前所见的并非画卷，而是一座塑像，但又不能认定，因为那神佛背后全是一片黑暗。

马荣只觉心烦意乱，于是移开视线，去看屋内其他地方。在远角处堆着一些废弃之物，墙边有一摞兽皮，旁边立着一只破旧的黄铜水具。马荣心中愈发不安起来，不禁浑身打战，连忙裹紧身上的外褂，努力想些更为悦人之事。吐尔贝果然是个好女人，过后理应再去探望她一二，并送上几样礼物。还有那个名叫什么玉的女子，以及在乌檀木盒内发现的神秘字条。她是否已经被人救出？如今又在何处？玉真是个好名字，让人想起一种清冷超逸的美……那女子必是极其迷人的……马荣抬眼一瞧，老妇终于住口不语。

只见斗篷内伸出一只白皙的手，却是女巫拿起一根细棍，伸入火堆中搅动几下，用红热的尖端在灰烬里画出几个图符，又低语几句。老妇听罢连连点头，将几枚油腻的铜币放在火堆旁，口中咕哝着从地上爬起，掀帘出门而去。

马荣正欲起身自报家门时，却见那女巫一抬头，不禁立时重重坐回原处。只见两只硕大而喷火的眼睛直盯着自己，正是早上在街中遇到过的那双眸子，容貌美艳绝伦，神情却冷若冰霜，毫无血色的双唇一勾，露出鄙夷的冷笑。

“这位官爷，你来这里，是想问你的女人心里可还有你么?”塔拉说得一口流利的汉话，并带有低沉的喉音，“或是受了你家老爷差遣，前来查看我是否仍在操弄违背汉人律法的巫术?”见马荣目瞪口呆，又道，“我见过你，官爷，就在今日一大早，穿戴得整整齐齐，跟在你家大胡子老爷身后。”

“好眼力!”马荣喃喃说道，将板凳拽得离火堆更近，茫然不知该如何开腔。

“快说，你来这里究竟为了何事？我从没收过偷来的赃物，你尽管自己看好了!”塔拉说着拨一拨火堆，用细棍指向墙角。

马荣顺势一瞧，不禁倒吸一口凉气。方才看成废物的东西，原来竟是一堆人骨，两颗骷髅头张开大嘴，似乎正冲自己狞笑。兽皮上摆着一排胫骨，旁边还有一块盆骨，已是年久发黑。

“见鬼！简直是一片坟地!”马荣骇然叫道。

“我们何尝不是活在坟地里，无论何时何处?”塔拉嘲笑道，“死人的数目比活人不知要超过多少。我们活人不过是得了容忍而暂居一时，因此最好与死人和睦相处，官爷！如今说说你有何事?”

马荣深深吸一口气，心想这女人真是非同寻常，与她拐弯抹角根本无益，于是直截说道："有个名叫曾三的无赖，昨晚在东门外被人杀死。他——"

"你这是白费工夫，我只知道出在附近的事，还有边界那边的，至于城对面则全不晓得。如果你想要打听方才心里惦记的姑娘，我倒是能帮你一二。"塔拉见马荣面露疑色，接着又道，"不是吐尔贝那小淫妇，我说的是另外一个，名字和一种贵重的石头有关。"

"如果你知道……谁是阿玉，并且她在哪里……"马荣嗫嚅说道。

"我并不知道，不过可以问问我的夫君。"

塔拉站起身来，双肩一耸，斗篷立时滑落在地。马荣又吃了一惊，只见塔拉一丝不挂立在面前，身形颀长，曼妙无匹。

马荣呆望前方，似是被一阵无名的恐惧紧紧攫住，几乎不能动弹。塔拉苍白的胴体上不见一丝毛发，看去几近虚幻，与平常的人身相去甚远，虽则玲珑浮凸，然而非但不能激起欲望，反倒令人惊骇退缩，仿佛遭遇上难以名状的可怖情形。马荣好不容易移开视线，方始看清她刚才坐的并非一把椅子，而是一小堆层层叠起的骷髅头。

"不错，"塔拉说话时冰冷无情，似非人声，"这是开头，丢掉所有愚蠢的梦想，和视为珍宝的妄念。"指着一堆人头骨，又道，“这是终点，抛去所有空洞的许诺，和心中挚爱的希望。”说罢抬起裸足一踢，头骨立时滚了一地。

塔拉静立半晌，两手叉在腰间，朝下俯视着马荣，眼中尽是轻蔑之意。马荣蜷坐在原处，浑身冷汗直冒，整个人如在梦中。只见塔拉蓦地转过身去，解开墙边一只铁钩上的细绳，旧横梁上原本系着一幅帘幕，此时缓缓垂下，将屋子分隔为两半。塔拉长发一摇，消失在帘幕后方。

地上的火光行将熄灭。塔拉方才那一番言语，马荣虽说没能全懂，听过后却甚觉孤单，此时定定注视着帘幕上画的古怪图符，心中一片茫然。黄铜手铃突然“叮当”一声响，将马荣从麻木中猛然唤醒。塔拉开口吟诵起来，说的是一种古怪的语言，音声单调，由低转高，随后渐无声息，铃声再次响起时，便重又开始吟唱。屋内越来越热，同时冒出一股令人作呕的腐朽气味，压过了樟木的清香。马荣只觉闷热难耐，背后汗出如浆，竟至浸透衣衫。吟诵声忽而转为低低的呻吟，铃声也终归沉寂。马荣浑身无力，不由得握紧双拳，指甲深深嵌入粗糙的掌心，肚内一阵翻搅。

马荣正想自己是不是得了重病，屋内忽然气息一变，樟木的清香重又压过了那股腐臭气，闷热也渐渐散去，一时寂静得如同坟墓一般。塔拉的声音从帘幕后响起，听去十分疲惫："拉起帘子，再把绳子系紧。"

马荣起身依命照办，只觉浑身僵硬，并不敢看塔拉一眼，直到将绳子绑在铁钩上，方才转头望去。只见塔拉平躺在板床上，头枕一条手臂，双目紧闭，长发垂落至地面。

"过来！"塔拉开口命道，却并不睁眼。

马荣在床脚的竹凳上坐下。只见塔拉身上蒙着薄薄一层湿汗，下唇渗出鲜血。

"你那玉姑娘生于二十年前，即壬子年五月初四[1]，死于己巳年九月初十，只因折断了脖颈。"

"为何……是谁……"马荣口中咕哝道。

"我只能说这些。刚才还听到了一些不问自来的话，与我自己有关。你走吧！"

马荣努力鼓起勇气："我非得再问一些细处不可，不然就要带你去县衙，去……"

塔拉疲倦地伸出一只手来，并不看马荣一眼："给我

[1] 依照书中人物表所述，此时为670年，即庚午年，则二十年前的650年当为庚戌年，而并非壬子年（652年）。此处按原文照录，存疑。高罗佩先生本人生于1910年，正是庚戌年，不知这一年代出入是否与此有关。

问旧事女巫施法术

瞧瞧你的差票!”听马荣并未作答，忽然抬起眼帘。只见她两眼充血，死气沉沉，看去如同破裂一般。

马荣只觉一阵作呕，跳起来奔出门去，却被日光照得睁不开眼，撞到一个瘦子身上。原来那三个突厥人如今站在街中，正好挡住去路。个头最高之人伸手推了马荣一把:“你这狗娘养的，走路当心些！方才与那女巫过得十分销魂吧?”

马荣心中的惊惧惶惑已郁结多时，此刻终于得以发泄，挥拳猛打在那人下巴上，对方像一截木头一般栽倒在地。另外二人见他眼中杀气腾腾，吓得拔腿就跑。马荣只觉胸中燃起一股无名火，跟在后面紧追不舍。街中行人眼见一个彪形大汉叫骂着飞奔过来，连忙闪避两旁。马荣一脚踩在坑洼处，脸面朝下合仆在地，缓缓站起后，才发觉已身在吐尔贝所住的巷内。

吐尔贝站在汤水铺前，手持长勺在大锅里翻搅，不时回头厉声斥骂大儿。大儿正揪着小儿的头发，小儿口中尖叫不止。

马荣只觉胸中的怒气忽然烟消云散，这平常的居家景象，令他油然生出一股脉脉温情，仰首看看日头，发觉天色尚早。还是先喝上一碗热汤，填填肚子再说……马荣迅速揩去脸上的泥土，满面笑容直朝吐尔贝走去。

八

县衙内宅的大厅里灯火通明。一群侍女正往花园的树枝上悬挂小彩灯结成的花环。大夫人身着一件蓝紫色长袖锦袍，上面的绣金图样闪闪发亮，正在送别茶会中的最后一位女客，躬身拜谢过后，朝公廨后门焦急地张望一眼，方才听管家禀报说半个时辰前老爷已从紫云寺回来，至今却仍未露面，于是对身穿白纱长裙、苗条纤弱的三夫人说道："但愿老爷能回来迎接住持！再过半个时辰，宴席便要开始了！"

衙院二堂中，三人议事行将结束。狄公靠坐在扶手椅内，叉开五指缓缓梳理长髯，银烛台发出的亮光正照在他疲惫的面容上。洪亮蜷坐在墙角的竹椅中，瘦削的两手握着几页文书，搁在腿面上来回抚弄，皆因今天顶着烈日走了一趟紫云寺，回衙后又去公廨，翻看了许久积满灰尘的旧案卷，如今甚觉疲累。马荣坐在狄公对面，看去郁郁不乐。狄公讲述过搜查紫云寺的经过后，马荣也禀报了一番与塔拉会面的情形，狄公听罢，又命他逐字逐句重述二人的对话。马荣见了塔拉一面，着实受惊不小，唯恐自己从此不能再对女人生情，之后虽与吐尔贝厮混了好一阵子，总算消去了心中惊惧，如今重又细述那种种骇人情状，心情竟然再度大坏，实属出乎意料。

狄公最后说道："塔拉的那些泛泛而谈，依我看还是不要深究为好。正人君子奉为圭臬的信条，她却通通加以恶毒贬斥，纯是教人背信弃义。关于那个名叫什么玉的女子，塔拉的说辞着实惊人。她能知道你心中所想者是何人，倒也不难解释。当她与那老妇说话时，你一直从旁等候，并且一心想着玉姑娘。塔拉与那些会通灵的女巫一样，显然具有能够洞悉他人心中所思的超凡本领——当然要达到相当的程度方可。她们之所以能未卜先知，多是依赖于此。至于她如何知道玉姑娘的生卒年月，我并不想贸然加以猜测。"

"我们把那鬼女人捉住，再严加拷问，让她吐出实情来！"马荣冲口说道。

狄公从书案上拿了一张公文格目，提起朱笔书写完毕，又盖上县衙大印，摇头说道："出于职责，我须得设法将她拘捕，不过并不指望真能办到。她定会知晓官府发出差票意欲捉人，更何况住在西北一带的本族人也对她怀有敌意，或许此时此刻，她已越过边境，奔去突厥人的地界了！姑且不提这些，马荣，你将这差票拿去交给班头，并告诉他塔拉住在何处！”

马荣离去后，洪亮问道：“老爷，为何她要告诉马荣那些消息?”

“对此我完全不知，洪亮！无论如何，我们如今确知那乌檀木盒内的字条并不全是假捏而成。至于其真正的用意何在，虽说……”狄公语声渐低，肃然凝望着木盒。这盒子如今已被用来作为镇纸，烛光照在平滑的圆形翡翠上，发出幽幽的微光。

狄公捻着颊须，刻意望向案头的一摞公文，然而目光总会再度落到木盒上去。

一时马荣转回，狄公坐起说道：“马荣，去拿一支笔和一张纸来，我说你写。”待马荣润过笔后，接着叙道：“有一女子，名中带一玉字，于己巳年九月失踪。若有人得知其全名及下落，务必速来县衙报官。兰坊县令狄仁杰。就写这些，然后送去公廨，命衙吏们抄写十来份，今晚便在城内四处张贴。要想解开木盒之谜，发此告示应是最上策。”说罢靠回椅背，对洪亮又道：“跟马荣讲讲你查到的紫云寺概况!”

洪亮将椅子挪到烛台旁，看看腿上的纸张，开口说道："紫云寺本由天竺僧人所建，迄今已有二百八十年，出资者是当年住在兰坊的一群富裕胡人，虽然经历过几次边境战乱，但是寺内的法事从未长期中断过。三十年前，有三个信奉新兴密教的法师越境而来，还带着三名尼姑。他们在寺内住下后，说动一些僧众改换门庭，也皈依了密教，其他人对此十分厌恶，不久纷纷离去，空出的位置便由新近入教者充任，其中既有突厥人，也有汉人。从此以后，密教在胡人中像野火一般迅速传播，周围的胡人成群结队前来参拜。十五年前，一些当地名流士绅前去县衙，告发紫云寺内以信佛为名，大行淫乱之事。县令命人详查了一番，结果将那住持套上锁链解送京城，所有画像、塑像与其他物事均被送至集市中当众焚毁，寺内僧众也被悉数流放。"

"干得好！"狄公赞道，"对于如此逾矩不轨之事，此乃唯一的应对之策。"

洪亮看了一眼笔录，接着叙道："以上这些严厉举措，激起了突厥人的骚乱，甚至还企图武装反叛。为了平息众人的怒火，县令允许一位汉人男法师与一位突厥女法师另外修建起庵堂，并在那里主持官府许可的旧派佛教法事。不过，前去参拜之人越来越少。几年以后，女法师离开庵堂，又过了一阵，男法师也随之离去，之后官府便将庵堂封起。两年前，通往西域诸国的官道朝北迁移，不再经过兰坊，从此兰坊的胡人大为减少。就在去年，县令本打算永久关闭庵堂，不料有个姓张的银匠忽然亡故，身后未有子嗣，其遗孀一向虔心信佛，于是出家为尼，请求入庵修行，后来得到官府许可，入住时间是去年秋天九月二十日。就是这些。”

“听去很有些意思，马荣，”狄公议论道，“不过并不能帮我们解开谜团。我本指望会有寺内藏宝的旧录。”说罢长叹一声。狭小闷热的二堂内，一时寂然无语。

马荣将帽子朝后一推，说道：“老爷，我去城内西北角跑过后，没能探听出什么有关杀人案的消息来，今晚再去东门附近打问打问如何？那里有许多便宜的饭铺酒肆，曾三既是人人皆知的无赖，想要找到他的旧相识，想必不会太难，然后再从他们嘴里设法套出些话来。”

“好个主意。”狄公说道，“此地应是有个丐帮首领，他自会知道不少江湖上的事。你也去见他一回。”

“老爷，据我想来，那不知去向的人头和尸首，一定埋在寺院花园里。班头与众衙役虽已搜过，不过我曾出没绿林多年，敢说那林子在晚间看去与白日里全是两样。众衙役没准在白天看漏了什么，到了夜里则会十分显眼。我想今晚就去走一趟，假定自己是凶手，再查看一下周围情形。”

狄公缓缓点头：“马荣，你这番话大有道理，只管前去一试！我派了两名衙役在那里守卫，他们自会助你一臂之力。听说林子里有毒蛇，你别忘了打上厚绑腿。”又起身说道：“如今我得赶紧沐浴更衣，回去赴家宴了。”

两刻钟过后，狄公身着墨绿绣金官服，头戴一顶黑高帽，步入内宅大厅时，正赶上大夫人引着女住持走入前门，后面跟着二夫人三夫人。

狄公急忙上前迎接来客，躬身施礼后，客套寒暄几句。女住持身着宽大的郁金色长袍，两手笼在长袖中，双目低垂，连拜三下，谢过主人的盛情邀请，措辞文雅恭谨。狄公以往只偶尔瞥见过她几回，总是遥遥望见一条颀长的身影穿过庭院走入女眷内宅，前去教授几位夫人插花，此时不禁好奇地仔细打量。女住持虽已年近四十，面容看去却依然清秀，只是态度稍嫌冷峻淡漠，用一幅黑巾裹住头和双肩，只露出一张鹅蛋脸来，鼻梁高耸，两片薄唇紧抿，显得坚定果决。

宾主五人走到一张汉白玉八仙桌旁，在檀木雕花矮凳上分别坐下。六折槅门一齐打开，清凉的夜风吹入室内，门外便是花园，只见幽暗的树丛中闪烁着各色纸灯，

庆寿诞狄府开家宴

景致十分悦目。两名侍女送上芳香的茉莉花茶，另有一人捧上一盘糖渍水果与瓜子。座中四女恭候狄公首先开言。

“本县不得不先跟师父说一句，”狄公开口说道，“今日晚宴只是家中小聚而已，饭食粗陋，不成敬意，还望师父勿要见怪。”

“老爷明鉴，宴席的格调高下，并不在于饭食如何，而更在于是与何人同座。”女住持庄容说道，“还有一事，贫尼须得在此向老爷致歉。今日午后，老爷莅临庵堂时，我那侍女实在言行无礼，本应立即告知贫尼才是。她自幼在城内长大，不知书不明理。我已责备了她一顿，奈何……”说罢抬起圆润的玉手，无奈地挥了一挥，腕上的水晶念珠发出叮叮轻响。

“师父完全不必在意此事！”狄公连忙说道，“昨晚有几个无赖在紫云寺内闹出了一些乱子，我只想问一问你们可否受到惊扰。听那侍女道是庵堂内一切如常，并未听见或看见什么动静。”

女住持抬头直直望向狄公，一双大眼看去空洞木然：“紫云寺曾被一些旁门左道之徒把持，专门修行邪魔之术，因此横遭玷污亵渎。不过我佛慈悲为怀，同样保佑那些误入歧途之人。”说罢伸出一只玉手，举杯呷了一口茶水。“至于那名侍女，贫尼不知她是否真将所知之事对老爷和盘托出。”见狄公扬起两道浓眉，连忙又道，“贫尼疑心她生性放荡，遇有无赖闲汉在周围游逛时，常会主动搭讪。有一天夜里，她在大门口与一个衣衫褴褛的乞丐说说笑笑，正好被贫尼撞见，虽然过后用藤条责罚了她一顿，但我也不知是否会有用处，只能为她暗自祷告了。”说罢立时数起水晶念珠来。

“师父不该再留着那小妮子！”大夫人出声说了一句，转头对二夫人又道，“你不妨去认识的教友中打问一下，她们或许会识得一二规矩知礼的女子，好去服侍师父！”

二夫人望了狄公一眼，似是惴惴不安。自从全家迁至兰坊后，二夫人便皈依了佛教。她从前受教不多，深为佛教的简明教义与华丽仪式所吸引。狄公虽未表示反对，但是二夫人心知老爷对此事并非十分乐意。不过狄公此时的心思全在别处。那侍女整日困在庵堂中，显然过得沉闷乏味，想要结识游民闲汉来找些乐子，或许可以道出有用的消息。

“本县派了亲随马荣今晚去紫云寺内彻查，”狄公对女住持说道，“他可能会去庵堂，向那侍女询问一二。”

“老爷明鉴，若是有人要找她问话，最好贫尼也能在一旁。”女住持肃然说道，“若是她独自一人与老爷的手下会面，不定会……让他晚些时候再去吧。”

“自然可以，我这就……啊，小儿小女们来了！”

只见保姆领着家中几个儿女走入大厅，怀里抱着一个健壮的男孩，正是三岁的幼子。大夫人引着他们一一见过住持后，管家进来禀报说宴席已经备好。

众人走到大厅另一头的圆桌旁。后墙处摆着一张乌檀木雕花香案，香案上方悬有一个硕大的“寿”字，正是狄公在午时亲笔书成。狄公坐了背对香案的首席，请女住持坐在右首，大夫人在左首，二夫人与三夫人彼此相对。大夫人命保姆带孩子们回卧房去，不想幼子十分喜欢大夫人头上插的花，兀自不肯离去，于是大夫人命保姆留下，立在自己的座椅后方。

众人正在品尝凉菜时，管家送入头一道热菜红烧豆腐，年纪最长的侍女为宾主斟酒。狄公举杯致辞，寿宴就此开席。

九

狄公与众夫人正在内宅中开家宴时，马荣已行至关帝庙背后，走到一个卖廉价酒水的货摊前。两个苦力原本坐在那里，一见马荣，立即付账离去。摊主个头颇高，穿一件肥大的外褂，露出毛茸茸的前胸，伸手抓起唯一一盏用来照亮的油灯，从前头挪到了后头。

马荣心里明白，皆因自己头戴官差的黑帽而吓走了主顾，于是从袖中抓出一把铜板放在柜台上，要了一杯酒水。摊主伸手欲取时，马荣却一把捂住："老兄慢着，这钱可不是白拿的！我想跟你打听一个人，就是昨晚丢了性命的曾三，你可认得他？"

"当然认得。又少了一个好主顾！过不多久，他本会照顾我更多生意哩。就在六七天前，他说过正在做一桩大买卖，会有一大笔银子入手！"

"此事可有胡人插脚进来？"

"没有没有！曾三虽不是什么好鸟，但与那些可恶的胡人从无瓜葛！"

“那他究竟在为谁出力？这厮虽说身强力壮，却呆头呆脑，不可能独自一人做什么大事。”

摊主耸耸肩头：“据我听去，似是与敲诈有关。如果是这类事情，曾三大可一人操办！”

“你可知道他在敲诈谁？”

“根本不知！曾三虽是个大嘴巴，对这事却瞒得紧腾腾，只说会有一大笔钱。”

“这厮以前住在哪里？”

“他三天两头就会挪窝，没个准数，近来常常去紫云寺里过夜。要不要再来一杯？”

“不必了，多谢你。被他敲诈的那人，不定也同住在紫云寺内。”

“你莫非疯了不成？那里能有什么人好去敲诈的？白衣女鬼？”摊主说罢，朝地上啐了一口。

“丐帮头领想必会知道。如今谁是头领？”

“谁也不是。对于讨生活的穷苦人来说，兰坊城真是个鬼地方。先是那恶霸钱茂的走狗们四处插手、胡作非为，随后又来了个狗娘养的大胡子——对不住对不住，我是说如今的县令老爷接管后，也是事事都盯得死紧！天呐，老周刚刚走过去，居然看都不看我一眼！官爷请听我一句，拜托你老行行好，走去别处如何？不然我这生意就没得做了。若是你想要舒舒服服地说长话，不如去找那老丐王。”

马荣将铜板推到摊主面前：“你方才明明说过并没这人的！”

“确实没有，以后也不会再有了。丐王曾是个一等一的硬汉子，真正人高马大，我想是有突厥血统。他曾经统领江湖，不过如今年老体衰，又患有心疾，听说住在什么地窖里。多谢官爷给的钱，不过以后还请别再来了！”

马荣口中咕哝一句，抬脚离去，心想这人命案或许就是因为敲诈而起，藏在寺内的东西，不定正是可以用作把柄的一包书信。被敲诈者先是企图找到这些书信，遍寻不得之后，便下手杀了敲诈的二人。

其后的半个时辰里，马荣又去了四家酒肆，走出最后一家时，不禁低声自语道：“要是乔泰也在这里就好了！有个朋友一起说说话，当差也更为得趣。不知他老兄在京师里正在做甚，我敢打赌，定是又遭遇上了一桩倒霉的风流事！且罢，我已喝了不少劣酒，却还没能打听出一点消息来。人人都说曾三实是个地道的无赖，除了阿刘以外再没朋友。我即使找到所谓的丐王，怕也问不出什么来，那人听去似是年老落魄，如今勉强还剩一口气，身边只有一个旧日的手下服侍左右。我应当——”说着朝四下一望，只见一个瘦高男子走来，却是画师李恪。

“李先生，什么风把你吹到这里来了?”

“原来是马长官。小民见那帮佣的杨生还不回来，不免有些担心。虽说他以前也曾出去寻欢作乐，不过总会事先告知。我正在附近的小店里寻人，不知长官要去何处?”

“去山上的紫云寺。你要是找不到那姓杨的，就跟我说一声，县衙自会依例派人出去查找。再会了!”

马荣走到东门，向守卒借了一盏小风灯，又在东门外官道旁的小饭铺内随便吃些东西，方觉心情大好，预备一路登阶上山。此时暮色渐浓，多少凉爽了一些，不过山势陡峭，仍是走得满头大汗。

“这些该死的寺院，为何总要建在如此高处!”马荣喃喃怨道，“据我想来，多半是为了离天宫更近些吧!”

马荣走入佛寺山门前的开阔地，只见一棵丝柏树后闪出二人，手中摇着大棒，认出来者是马荣，连忙躬身施礼，禀报说在此之前从未有人来过。其中一名衙役姓方，年轻力壮，甚为机灵，马荣一见是他，不禁心中欢喜，开口说道:“我打算去里面仔细查看一回，你二人仍留在这里。要是我有事招呼你们，就打个唿哨。要是你们看见什么行迹可疑之人，就将他拿下，再打个唿哨给我。”

马荣穿过山门，四下环视前庭。天上一轮圆月，青白的月光下，景象甚是凄凉萧瑟。

“这一大片野树林子，应是从左边花园蔓延出来的！”马荣自言自语道，“我得理好头绪，先去大殿里瞧一眼，然后再想想如果自己杀了人，手里有一具尸首和一颗人头的话，应该如何处置！”

马荣踏上大门前的石阶，发觉狄公巡查后，班头已将六折门封起，于是撕下封条，用力拉扯老旧变形的门板，到底推开了一扇，正要走入漆黑的大殿时，忽然站定不动，只听得从殿后某处传来关门声，随即又是一片死寂。马荣暗骂一句，摸出火镰点亮风灯，迈步走入殿内，举起风灯朝四下打量，灯光照在石柱与硕大的香案上。他疾步走向香案左边的小门，方才的声音似是从那里传来，推开门一看，两级台阶下去，便是狭长的后院，砖石铺地，不见一个人影。

“班头本该将这门也一并封起！不过也可能是我听岔了的缘故。”马荣低声念罢，抽抽鼻子一嗅，忽然心中一警，大殿中似是弥漫着腐臭气味，与塔拉家中的一模一样，“老天！尸首和人头不会就藏在这里吧！地上的砖石全未动过，上面还蒙着尘土，可见老爷没查过此处。”又将风灯举过头顶，扫视一下高高的屋梁，“大门上方的壁龛倒是个好地方！如果有一架梯子，就可把尸首送到那里去。没准儿凶手当真有一架梯子，并且还有整整一夜可以行事，时间充裕得很哩!”

马荣拉开六折门的正中两扇，在门下塞入石块垫稳，将风灯挂在腰带上，抓住门板上沿攀爬上去，踏在槅扇的裂缝处，双脚各踩一门，然后伸直两腿，却只能看见幽暗的空穴，忽有一个黑影飞到面上，险些摇晃跌落。

“这该死的蝙蝠！里面地方倒是不小，足够住个成百上千只，还能藏进去好几具尸首。不过这里既没尸首和人头，也闻不到底下那股臭气。”

马荣回到地上，吹灭风灯，站在门口，环视着庭院右边茂密的树丛。

“那棵树根隆起的大橡树，一定就是阿刘躺下呼呼大睡的地方。若是我肩上扛着一具尸首走到庭院里，手提项巾包裹的人头，或许会将那要命的东西先交给同伙保管，然后再……”

马荣忽然住口不语，定定望着橡树下方的灌木丛，抬手抹了一把前额。

“我敢说看见一条白影从那边飘过！好像是个女人，身量很高，穿件长长的白袍。且跟上去看看!”

马荣奔过庭院，发觉除了大橡树之外，只有一丛开着白花的野蔷薇。

“那幽魂去了哪里……”马荣口中说着，弯腰细看折断的树枝，又小心拨开低处的枝叶，不禁咧嘴笑道，“这里竟有一条小路！应该说以前有过，如今全被野草遮没了。”

马荣手脚着地，从低垂的枝叶下面爬进去。他曾经出没绿林多年，知道如今正走在一条被灌木丛遮蔽的荒废小径上，过不多久，便可直起身子行走，一路悄悄前行，几乎不曾发出响动，不时驻足侧耳倾听，只闻得一片吱吱的蝉鸣，间或有夜兽发出的叫声。马荣点亮风灯，在林中左右查看，见树叶上有些深色的斑点，心知自己果然找对了路。

这条荒径在高大的树木之间蜿蜒伸展，通向一小片开阔地，并分出另一条岔道来。

“那边一路下去，定是通向寺院背后。我得朝左边走。”马荣说着嗅了一嗅，枝叶朽烂的阴湿气味中，分明飘来一股清香，“这是杏花的香气！前面一定有杏树！”

没走几步，果然看见几棵高大的杏树。树下有一口古井，白色花瓣飘落在绿苔丛生的石头上，如同雪片一般。古井另一面竖着一堵墙垣，高过灌木丛不少，其中一大段已然塌陷，留下一个数尺来宽的缺口，碎砖与大石堆在井旁，上面野草丛生。

马荣抬头看去，透过树枝间的空隙，可以望见大殿左边的佛塔，于是心中有了数。

“这口枯井定是在花园背后的角落处。我那好心的女鬼不知去了哪里？不是从那边墙上的缺口出去，就是顺着方才看见的小道一路走了。不管怎么说，她已不在此处，叫人好不安慰！”

马荣将这番话大声道出，只因心中正七上八下，要说世间唯一害怕之物，便是鬼怪幽魂之类了。他又环顾黑漆漆的树林，不见有一丝动静，不禁耸耸肩头，转身去看那口古井。

“要说抛尸入井，自然最稳妥不过。瞧，井沿上果然有些斑斑点点！从这边的砖头上面直滴下去，还是暗红色的！”马荣口中说着，朝井下望去，“看去颇深，足足超过两丈。井壁上有许多杂草，井绳虽已朽烂，不过总还禁得住这盏风灯吧。”

马荣将风灯的提手系在井绳末端，再缓缓垂下。先瞧见一大团青藤枝叶，下方有粗粗的藤条，在砖缝中紧密附着、四处蔓生，砖石脱落甚多，缺口处一路延伸下去。

“看来只有石头和长草！”马荣努力朝井底打量后，失望地咕哝道，“不过那尸体必是在下面某处。”说罢迅速拽起风灯，重又挂在腰间，然后攀上井沿，抓紧一根粗藤，

马荣夜探佛寺废园

伸腿在井壁上摸索落脚处，虽然一向身手矫健，仍是得步步留神，有好几处拿脚上去一踩，砖石便塌陷坠落，终于渐次下到井底的草丛中。马荣只觉右脚触到一个软软的东西，迅速闪到一旁，弯腰一看，不禁咧嘴大乐，原来是一条人腿，又拨开草叶，只见一段赤条条的无头上身，筋肉粗壮，背后文有花绣。

马荣蹲身下去，让灯光照在男尸后背的花绣上，黄绿蓝三色十分扎眼，图案颇为繁复。

“这可得花费不少银钱哩！两肩之中的老虎面具，定是为了保护自己不致背后遇袭，可惜今遭却不甚灵验，这厮正是被人在左肩胛骨下方捅了一刀而送命的。瞧这结实的胳膊和大腿，必是曾三无疑！不过另一颗人头又在何处?”

井底地方不大，马荣只搜出一个蓝布包裹。井壁上有一大片砖石崩塌，留下一个四尺来高、三尺来深的空穴。马荣蹲在地上，让灯光照入穴内，只见一只硕大的癞蛤蟆正直直盯着自己，两眼凸起，不停眨动。

马荣耸耸肩头:“如此说来，凶手应是将那人头拎回家去了。我还是爬上去为好，衙役们自会拿绳子和担架过来，然后——我的天!”

一块大石落入井中，险些击中马荣的左肩，结果砸在尸体的后背上，发出一声闷响。马荣立时飞起一脚踢倒风灯，并躬身钻进空穴内，双臂抱腿，下巴抵在膝头，正好可将自己嵌入。这时又有几块大石接连落下。

“你这蠢货，还不停手!”马荣口中嚷道，“啊呀……我的肩膀，快停下……”随即发出一串吃痛不禁的叫喊，又大吼一声，转而低低呻吟，终至无声无息。这时落入更多砖头，接着是生有苔藓的大石。一块石头弹到井壁上，正中马荣的左脚，虽则十分疼痛，马荣仍是咬牙忍住、未曾出声。又有几块砖头落下，随后重归寂静。

马荣蜷缩在空穴内，久久不敢动弹，竖起耳朵细听周围，半日不见响动，方才钻出藏身之处，揉一揉僵硬的两腿，仰头观望井口，确信无有他人时，方才拿起风灯重又点亮。

曾三的尸身已被埋起，上面的砖石足有数尺之高。

“要把你从这一堆东西里弄出来，还得费不少力气。”马荣喃喃说道，“不过，我倒也可以踩着爬出井口去，然后再仔细搜寻一番，看看到底是谁这么好心，扔下一堆石头来盖在你身上。”

十

衙院殓房内，曾三的无头尸身横陈在板桌上。狄公身着睡袍，用一块布片裹住发髻，正低头默默看视。马荣手擎烛台立在板桌对面，衣服上不但沾满尘土，还扯破了几处。

此时已是丑初时分。宴席过后，女住持立即告辞而去。狄公与三位夫人一道抹了几把骨牌，当晚去大夫人房内就寝。二人在卧房中对饮几杯清茶，闲话了一阵二十年的美满生活，随后同榻而眠，不料却被一阵拍门声惊醒，管家已告知贴身丫鬟说马荣有急事要禀报老爷。

马荣引着狄公来到殓房，又讲述过今晚的遭遇。狄公默然半晌，抬头说道："曾三的人头之所以未有被勒死的痕迹，原来是因为背后中了致命一刀，另外那个才是被人勒死的。马荣，你可知道暗中害你之人是如何一路跟去的？"

"班头真是十足的蠢货，居然没对小方他们说过紫云寺后面另有入口。不过我也是半斤八两，"马荣苦涩说道，

“下井之前，理应先看看墙后再说。墙上有一个缺口，那歹人定是从缺口处窥伺我的一举一动。我刚刚进入紫云寺时，他可能就在大殿里，因为我好像听到香案旁的小门被人关上，但也不敢说定。后来衙役们将尸首从井底弄上来时，我去查看过后院，发现沿着花园墙外有一条小路。歹人定是顺着那条路走到缺口处。但他不可能尾随着我穿过花园，若是那样，一定会被我看见，这一点肯定错不了。”

“你还说过看见了一个白影。”

“回老爷，”马荣略有些难为情，“想必是月光底下我看花了眼。鬼魂总不会扔石头到井里去！”

狄公俯身细看尸体背后的花绣。“歹人抛入井中的砖石，将这后背砸得血肉模糊。曾三与其他无赖一样，显然也十分迷信。在老虎面具下面，还文有一对鸳鸯，象征白头到老，一只下面有他自己的名字，另一只下面——老天！你将烛台移近些！”说罢伸手指着腰椎处的一小块蓝色图样，“你看！这是紫云寺的轮廓！可惜被一块砖头砸破了皮肉，不过仍能看出下面的四个字：‘多金多福’。”随后站直起来，又道，“马荣，我们总算知道了凶手为何要将尸身换过，作案的原因就文在曾三后背上！曾三正在紫云寺内搜寻暗藏的黄金，那杀人凶手也在寻找此物。”

“老爷，我今晚去城里，听一个家伙道是曾三可能在敲诈什么人。”马荣接着讲述了一番寺内可能藏着要紧文书的推想，最后说道，“在此案中，‘金’不一定就是暗藏的财宝，而是曾三满心指望从别人那里敲诈来的银钱。”

“这说法值得斟酌。马荣，此案真是错综复杂！不过，我们至少可以将胡人排除在外，因为如今得知曾三是被人用刀子从背后捅死的，而另一死者则是被人勒毙。用突厥斧子从死人身上砍下两颗脑袋，并不需要什么特别的手法。”狄公说罢思忖半晌，又道，“凶手并未将另一颗人头也抛入井中，此事多少有些奇怪。你说过井里只有一包衣物？”

“正是，老爷。我已放在那边的墙角里。”

“好。我们将这包袱带到二堂中去。马荣，出来后顺手把门锁上。”

二人走过公廨中的寂静廊道，脚步声听去颇为空洞。这时狄公说道：“马荣，有谁知道你发现尸首的事？”

“回老爷，除了小方与另外那名衙役，再没别人了。我对他们说过不必告诉衙里其他人。我们用一张毯子将尸体裹起，然后一路送回来，对守卒只道是在树林中发现了游民的死尸。”

“如此甚好。就让那凶手以为你已命丧他手，时间越久越好。明日一大早，你与小方最好将曾三的全尸送去焚化。他虽是个下流无赖，但也理应囫囵着进入阴曹地府。”

狄公走入二堂，重重坐倒在圈椅中。马荣用带来的一支蜡烛点亮了书案上的烛台，也在一旁坐下，说道：“还有一事，老爷。今晚我走入紫云寺大殿时，发觉有一股难闻的气味，很像是女巫塔拉家中的那股腐臭气。”

“午后我去大殿时并没注意到，想必是一只死耗子，那里面耗子成群。你提到塔拉，倒让我想起开晚宴时，班头前来禀报说塔拉或是已离开此地，或是已藏匿起来，果然不出我所料。众衙役在周围查找了一通，也是徒劳无功。那里的胡人甚为合作，看来确实对她又怕又恨，巴不得她被官府捉去。你也知道那些胡人如何行事。只要巫师所言十分灵验，他们便将其奉为神明，不过一旦有个闪失，又会完全不留情面。那些突厥人要是有胆，定会杀死塔拉。你去看看茶篮里可否还有热茶？”

马荣正倒茶时，狄公又道：“在晚宴上，女住持说她那侍女生性轻浮，时常与前去紫云寺歇脚的无赖们搭讪。马荣，你倒是可以去走一趟，再与那侍女攀谈一二，但是不要让女住持知道，因为她说过如果有人找侍女问话，她也想同在一旁。不过如此一来，侍女自然什么也不会道出。”说罢放下茶杯，禁不住打个哈欠。“我们去瞧瞧那些衣物。”

马荣解开包裹，取出一件干净的蓝布外褂和一条长裤，搭在自己的椅背上，然后摸摸两只衣袖，又顺着衣褶上下捏过："老爷，什么东西也没有！凶手定是全都拿走了。"

狄公缓捋颊须，盯着衣物注视半晌，忽然抬头说道："你说过李恪正在四处寻找他那姓杨的帮手，此人一直失踪不见。裁缝对你说过杨某人一无是处，还结交了一群地痞流氓。阿刘也说过曾三与一个男子在暗中筹划行事，那人身量颇高，穿一件整洁的蓝袍，看去像个店铺伙计。不妨大胆猜测一下，那个尚且不知名姓的死者，会不会就是李恪的帮手杨茂德？"

"既然如此，"马荣缓缓说道，"明日就召李恪来县衙认尸。画师们的眼力都很好，应该从两手和身形就能辨识出来，还有——"

狄公抬手示意一下："不可如此，只要木盒之谜尚未解开，我就不愿让李恪得知此事。马荣，你用那边条几上的水盆，去打满满一盆清水来！"

马荣听罢十分惊异，依命行事后，狄公又道："放在我面前的地上。好，将那件外褂拿来，就提在水盆上方，用我的尺子拍打几下！"

马荣动手照办。狄公将蜡烛移到近前，细细端详落入水中的尘粒，半晌后抬手示意："可以了。现在换那条裤子！"等马荣拿木尺又使劲敲打了一阵，说道："好好，如今来看这里面都有何物！"

狄公俯身低头，凝神注视着水盆，满意地说道："果然如此。"随后坐直起来。"此人正是杨茂德！你看，这些漂浮在水面上的灰色小片，只是平常的尘土。不过还有些非常细小的碎屑，全都沉到了盆底，你有没有看见？右边有两小团红色晕圈正在水里出现，而在这边，就是我指的地方，可以看到一点微黄，还混有蓝色。这些屑粒正是画师用的颜料。杨茂德定是在李恪的画室中清理桌案时，沾了一星半点在衣服上的。我们又有所收获，马荣！"

狄公起身离座，在地上来回踱步，只觉睡意全消。马荣端着水盆左右摇晃，咧嘴笑个不住，这时从水中又升出各色晕圈来。

狄公止住脚步，将两手笼在袖中，接着说道："马荣，如今有一个猜测已被证实，我这里还有另一个，正是关于杀人案的动机。我认为此案并非因敲诈而起，至少不是你所说的那样。无论如何，若从字面来看，曾三背后所刺的'金'字，显然是指紫云寺内藏着一大笔黄金。洪都头已细细研读过有关紫云寺的所有史录，并未找到丝毫有关藏宝的线索。即使当真藏过财宝的话，当年官府清空寺院时，衙役们也定会翻寻出来。他们必已审问过寺内诸人，并将所有地方都细细筛查过一遍！”说罢坐回椅中，又道：“马荣，我猜他们正在搜寻的，正是朝廷司库丢失的五十锭黄金。”

“老爷，那桩窃案可是发生在去年！”

“一点不错。不过，窃贼必须按兵不动很长时间，直等到官府不再继续追查为止。假定他只对同伙或是主犯透露过将金子藏在紫云寺某处，却并未道出具体方位，结果将会如何？或是那窃贼在掘金之前便已死去，又将如何呢？如此一来，其他人便会渺无头绪，只得去寺内到处翻找。杨茂德与曾三嗅出了此事，这二人或是分头发现，或是同为一伙，于是企图敲诈勒索——这便用上了你的推想，马荣。不过杨茂德与曾三低估了对手，结果双双送命。”

马荣连连点头：“老爷真是说到点子上了！五十锭黄金可以打成各种包裹：或是一个大方包，或是扁平，或是长条，或是分作数个小包。难怪那些人既要在禅房内翻地砖，又要在佛塔中拆墙板了。”

“你说得很对，马荣，那黄金一定还在原处！假如杀死杨曾二人的凶手已找到黄金，何必还要换过尸身。他们定会在杀人之后立即携金逃走，不必一力阻止我们发现那花绣透露的消息，今晚也不必再度潜回寺院，并企图害你性命了。黄金一定还藏在寺内某处，我们必须找到它！明日一早，我们就去紫云寺，如今且回房歇息吧！”

十一

次日黎明时分，马荣与衙役小方将曾三的尸身头颅合在一处，送入大牢后的砖炉中焚化，过后与洪亮一道在三班房里用饭，并详述一番昨夜的惊险遭遇，饭罢后一同前去二堂。

狄公对洪亮简述一番自己的推想，最后说道："如今我们有两件事要做，一是找到黄金，二是捉住凶手。今早我们便去紫云寺，再带上——进来!"

只见班头走入，向狄公请安问好，随后禀道："致仕刺史吴宗仁老先生有要事求见老爷，同来的还有钱庄掌柜李迈先生。"

"致仕刺史吴宗仁?"狄公不觉有些着恼，"哦哦，想起来了，我曾在此地官员聚议时见过一二回，可是身材瘦削，腰背略微佝偻?"见班头点头，接着又道，"看去倒是年高德劭、气度尊贵。此人为官勤谨，清正刚直，可惜仕途生涯竟因一桩不幸的变故而意外告终。其叔父家中破产，他执意要代为偿付所有债务，虽说依照律法，原本无须如此行事。那位叔父事后不久便故去，吴先生因此损失惨重，再也没能收回一文钱来。于是他辞官离乡，迁至兰坊定居，只因比起都市大埠来，此处的日常花销与应酬都要少得多。另外那人又是谁？你方才说名叫李迈？”

“正是，老爷。李先生在城东开了一家不大的金银店，还做些钱庄生意，是吴先生的一个朋友。”

“李迈就是画师李恪的兄长，老爷。”马荣插话说道。

狄公叹息一声，站起身来：“洪都头，你去迎接客人，并将他们带到前厅。我且去更衣。”

马荣助狄公换上墨绿官服，迎接一位致仕刺史，县令必须以此礼相待。狄公套上乌纱帽，惨然一笑，说道：“这吴宗仁来得实在不巧，不过他为官多年、颇富阅历，至少会把事情讲得简明扼要！”

二人穿过中庭时，狄公抬头看看天色，似是没有昨日那般闷热，应会凉爽不少。前厅建在一座高台上，正门前有一道宽阔的汉白玉石阶。二人顺阶而上，洪亮正站在朱漆大柱间等候，于是引着狄公进去。

厅内有两人坐在茶几旁，一见狄公走入，连忙站起身来。年长者上前躬身施礼，一张灰黄的容长脸面，留着长长的花白颊须，下颏一绺山羊胡，身着墨蓝色绣金长袍，头戴一顶黑纱方帽，前面镶有一块翡翠。狄公与吴宗仁客套寒暄几句，同时悄悄打量站在后方的男子。只见他身量高大，双肩宽阔，一张苍白的圆脸，眼睑厚重，留着一副漆黑的短须，身着灰袍，头戴一顶商贾的小帽。

狄公请吴宗仁重回椅中，自己在贵客对面坐下。李迈立在吴宗仁的座椅后方，马荣洪亮坐在稍远处的矮凳上。

一名衙吏送上茶水。狄公靠坐在椅中，欣然说道："吴公一早前来县衙，不知有何见教？"

吴宗仁肃然凝望着狄公，开口说道："老夫此番前来，想问可是有了小女的下落。"见狄公面露不解之色，又焦躁说道："既然老爷昨晚贴出告示，必是有了关于阿玉的消息。"

狄公直身坐起，为客人又斟满一杯茶水："在议论此事之前，本县可否问吴公一句，为何李先生要陪你同来？"

"自然可以。只因在小女失踪之前的一个月里，老夫已将她许配给李先生为妻。虽说李先生尚未迎娶小女过门，不过也理应知情。"

"明白了。"狄公说罢，从袖中抽出折扇，兀自摇晃了半日，又道，"此事出在去年，当时本县还未到兰坊任职，因此所知的消息几乎全是道听途说而来。若是吴公能简述一番令嫒失踪的前后情形，本县将不胜感激，只因在县衙档房中未能找到一点记录。”

吴宗仁皱皱眉头，伸出一只枯手捻着山羊胡，说道：“阿玉是老夫的独生女儿，由三年前过世的发妻所出，生来聪明伶俐，却十分任性。当她快满十八岁时，我选中了这位李迈先生做东床。在此想说一句，李先生曾在理财上助我不少，不但人品端正、温文尔雅，与我又是同乡，小女对此也从无异议。谁知天有不测风云，家中请了一个年轻书生担任书记，此人名叫杨茂德，生在本地，看去倒也规矩有礼，又有可靠的中人引介。老夫年事已高，不免眼拙失察，后来才得知杨某人竟是个恶棍，居然在背地里勾引小女。”

这时李迈略一躬身，想要对吴宗仁开口讲话，却见吴宗仁猛一摇头：“你且少安毋躁，让我这头先把话讲完！小女全不懂人情世故，那杨茂德便趁机骗取了她的芳心。就在九月初十当晚，用过饭后，我对小女道是预备第二天请个算卦先生择一吉日，好为她和李迈完婚，谁想小女竟冷冷道是她已爱上了杨茂德，不愿嫁给李迈，老夫听罢真是五雷轰顶！我命人立即将那无耻之徒召来，奈何他已出门而去，随后我又训斥了小女一顿，当真是疾言厉色，遇上这等伤风败俗的丑事，谁还能心平气和不成？小女听罢登时跳起，径直跑出门去。”

吴宗仁呷了一口茶水，摇头又道：“当日老夫犯下一个大错，以为阿玉奔去了她的姨母家。那老夫人就住在敝宅后面的街上，是发妻的同胞姊妹，阿玉一向与她十分亲近。我心想小女定是跑去寻些安慰，次日一早自会回来向我认错，谁知等到午时，仍是不见人影，我就派管家前去接她。管家去后，方才听说阿玉从未到过姨母家。我叫来杨茂德问话，那恶棍却一口咬定对阿玉失踪之事全不知晓，还厚颜无耻地说除了偶尔见面寒暄，从未与她多说过一句闲话。我痛骂他是个骗子，又派人出去打问，得知杨茂德头天晚上确是在一家行院中过夜，于是将他赶出门去，随即找来这位李先生。我二人不惜一切尽力打探，奈何阿玉自此无影无踪。想来定是在去姨母家的半路上被人劫去了。”

“吴公当日为何不立即报知官府？”狄公问道，“一旦有人口走失，官府自会依例派人四处查访，并且——”

“老爷有所不知，”吴宗仁插言道，“其一，老爷的前任十分昏庸，且又怯懦无能，从不敢动那恶霸钱茂一个指头。[1]”说话间恼怒地揪一揪山羊胡。“其二，老夫一向守旧，对于家声名誉看得极重，不想让女儿遭劫一事张扬出

---

[1] 见《迷宫案》。

去，李先生对此也完全赞同。”

“老爷明鉴，无论吴小姐遭遇何事，小民仍是立意要娶她为妻。”李迈徐徐说道。

“李先生一片志诚，令本县十分钦佩，”狄公淡淡说道，“不过你给吴公的提议却十分不妥。唯一正确的应对之法，当是立即将吴小姐失踪一事报知官府。”

吴宗仁听罢未予理会，不耐烦地问道：“不知老爷听到了什么消息？小女可还活着？”

狄公将折扇纳入袖中，又取出几页纸来，翻到马荣与塔拉会面的笔录，抬头问道：“令嫒可是生于壬子年五月四日？”

“正是，老爷在衙院公廨中自会找到记录。”

“一点不错。不过，本县甚为抱憾，只能说得到的消息十分暧昧不明。如今既不想令你灰心失望，也不想令你徒生希冀，过后却又化为泡影，因此不好贸然发语。眼下只能说到这个地步。”

“老爷认为如何处置得当，就如何处置好了。”吴宗仁口气冷硬，“不过，老夫有一事相求，还望老爷能开恩首肯。案子一旦查到了老爷认为必须诉诸律法的地步，若能事先惠告一二，老夫将感激不尽。”

狄公啜饮着茶水，心中思忖此话究竟是何意思，听去似是毫无必要，于是放下茶杯说道：“吴公所言，本县自会照办，并且——”

吴宗仁霍然起身：“多谢老爷。李先生，我们走吧！”

狄公亦起身离座，将二位客人送至门口，又对李迈说道：“本县听说李先生有个兄弟，一向雅擅丹青。”

“回老爷，小民对书画之道一无所知。”李迈断然答道。

洪亮引着二人沿阶下去。

“如此说来，玉姑娘果然确有其人！”马荣冲口叫道，“塔拉一定认得她，因此才会将生辰年月报得分毫不差！她在乌檀木盒内最后留下的字条，一定也是千真万确！老天爷，我们必须立时——”

“且不要心急，马荣！”狄公将官帽一推，揩揩汗湿的前额，“我总觉得此事颇多古怪，要是逼问吴宗仁吐露详情，未免有些失礼，不过……”说到此处，忽见一名老者蹒跚走入，神色慌乱，不由得大为惊异：“管家，你为何跑到衙院里来？”

“回老爷，内宅中出了一桩异事，大夫人派我前来禀报。”

“有话快讲！”

“就在方才，三夫人拿着一封未拆的书信去见大夫人，道是有个蒙面女子坐着一乘密实小轿来到后门，向侍女打问谁是年纪最轻的偏房，得知是三夫人后，便请求见她一面，说是要谈些私事。那侍女问她名姓，她便递上这只信封。大夫人拆开一看，里面装着一张名帖，道是已致仕的吴刺史的夫人。于是大夫人便派小人立即前来，跟老爷讨个示下。”

狄公扬起两道浓眉：“我可不愿自家女眷卷入此案中去。”又皱一皱眉头，对马荣忧心说道：“我总觉得吴宗仁并未将实情悉数道出。且罢，如今先去与大夫人商议一二，你告诉洪都头，过后去二堂内会面。”

十二

狄公走入大夫人房内，见她正与三夫人同在其中。狄公对二女简述一番与吴宗仁会面的情形，又道："吴夫人来访，定是为了吴小姐失踪一事，想替自己留个地步。我倒很想亲自与她面谈，不过她自然不会对我吐露实情，但我理应见她一见，也好对其品性有个印象……"说罢焦急地揪一揪颊须。

大夫人转身对三夫人说道："能不能在你那边找个地方，好让你见吴夫人时，老爷也能悄悄看到她并听到你们说话?"狄公依照古训，让三位夫人各居一处，各有其灶房与侍女，二夫人三夫人可随意出入大夫人在内宅正房中的住处，但是大夫人从不去她二人那边。狄公向来严守这一旧俗，并认为唯其如此，方可确保家中平安和睦。

"有了，"三夫人缓缓说道，"在我那卧房与花厅之间，有一扇挂着薄纱帘幕的月洞门。若是我请客人坐在窗边，老爷站在卧房内的帘幕后面，就会……"

"如此甚好!"狄公赞道，"我们这便过去!"

“要是老爷不介意的话，”三夫人说道，“我带老爷从后门过去，这样就不会被丫鬟瞧见，免得她们一时大意，对吴夫人说起老爷也在房里。”

“好个主意！”大夫人说道，“但愿事事顺利！”

三夫人住在宅院后方一个僻静的角落处。她引着狄公出门，一路穿过园中曲径，打开花厅的门扇。这时狄公迅速说道：“来人是吴小姐的继母，你设法让她多讲些关于吴小姐的事。”

“此事让我好不兴奋！”三夫人低声说道，在狄公手上紧握一下，“瞧，我会请她坐在正对着月洞门的椅子上！”

狄公走入卧房，小心拉好薄纱帘幕。为了隔绝室外暑气，窗上的遮板全都关得严严实实，因此室内颇显幽暗。狄公在床边坐下，听见三夫人拍拍手，吩咐侍女引客进来之后便立即退下，沏茶一事留给自己亲手料理。

狄公暗暗点头。这位三夫人不但聪颖灵慧，且又情趣高雅。茶几上有一丛插花，十分清丽悦目，狄公看在眼里，不禁心中赞赏。每次来到此处，总会发现一些新鲜物事，或是墙上挂着一首新作的诗词，或是桌上摆着一幅新绘的画卷，或是又添了一方精美的绣品。除了潜心研习诸般才艺，她也很爱教授几个小儿女读书。数年之前，三夫人曾在蓬莱经历过一场骇人的遭遇，过后又被自私伪善的父亲遗弃，[1] 如今总算有了温暖的归宿，日子过得安稳平静，并将大夫人二夫人视为长姊一般。狄公想到此处，忽听外面花厅里传来说话声。

来客身量颇高，衣着庄重，里面一身灰裙，外罩长袖罗衫，腰系丝绦，两端垂曳及地，头上裹着一幅黑巾。侍女刚一离去后，只见她立即解下头巾并掖入前襟内，手笼袖中恭敬一拜，说话时音声清脆："夫人看过名帖，想已知道我是何人。以前从未有幸结识过夫人，今日肯屈尊见我，实在感激不尽。"

吴夫人头上发髻高耸，虽未饰有钗环等物，却甚是引人注目，愈发显得面上眉目灵活、表情丰富。狄公心想以常情而论，这妇人算不得十分标致，双唇过于丰满，眉毛也过于浓黑，硕大的两眼目光灼灼，下面略有眼袋，显见得颇具个性，看去大约三十五六岁年纪。

三夫人请吴夫人在窗边落座，略略寒暄几句后，自行坐下开始沏茶。依照常理，来客本应等到茶水备好后再开腔叙话，不料吴夫人立时张口说道："我不该占用夫人太多工夫，再说也不便久留，只因今日前来府上，我家相公并不知晓。还请让我省去客套话，开门见山直说正事

[1] 见《黄金案》第十五回。——原注

吧。”见三夫人点点头，接着又道：“今日一早，我家相公前来拜会县令老爷，为的是告我劫去了他的女儿阿玉。”

三夫人手中的茶杯掉在石板地上，立时摔成碎片。

“实在对不住！”吴夫人懊悔地叫道，“都怪我太过鲁莽，说话唐突了！理应先对夫人道明来龙去脉才是。我来帮夫人收拾收拾！”

二人重又归座后，吴夫人又道：“我可是从未想过要害他的女儿，只想对夫人解释一二，夫人听了自会明白，还望过后能给县令老爷捎句话儿，好让他知晓这背后的种种情形。”

“吴太太，在我听你把话讲完之前，尚不便贸然应允。”三夫人审慎说道。

“这个自然！”吴夫人口气颇为不耐，立时卸去了先前彬彬有礼的矫饰，“有一事须得说在前头，还请夫人相信，我对相公十分敬爱，虽说他年纪比我要大上一倍，却是又和气又体贴人意，让我过上了求之不得的安稳日子。我在嫁他之前，真可谓是惨遭遗弃，且又身无分文。不过这些全不相干，要紧的是吴老爷娶我时，他的元配夫人已过世三年，家中只有一个独生女儿，名叫阿玉，被他视为掌上明珠。不过我得说句公道话，其实也没甚过人之处，只是个平平常常的毛丫头罢了，年纪不过才十八岁，就满脑子

吴夫人意外访内宅

想着男人。我本想照管阿玉，但是吴老爷不答应，非要亲自看着她读书习字，对她百般疼爱，实在有点过头，夫人想必懂我的意思。也许吴老爷自己并不觉得，但我整天看在眼里，心中自然有数，嘴上虽不能说，但也跟他提过这小妮子横插在我们夫妻之间，最好的法子就是趁早将她嫁出去，不料从此便引起了无数事端。”

吴夫人耸耸肩头，接着叙道：“如今的夫妻总是动不动就吵嘴，实在毫无益处。不过当我发觉阿玉有了相好时，心想总得给吴老爷提个醒不可，这下可就火上浇油了！后来那小妮子跟人私奔，吴老爷竟冲我大叫大嚷，非说是我谋害了他女儿的性命，又将她的尸身藏起！等他稍稍冷静下来，也知道自己说了胡话，却又认定是我劫了阿玉并卖去妓院！简直岂有此理！”

“吴太太再不受用，这茶就要凉了。”三夫人徐徐说道，将茶杯朝前一推。吴夫人端起杯子一气灌下。

“我自是一口否认这些异想天开的说法，直至动了肝火，不过吴老爷仍不相信。阿玉出走的那天晚上，我确实不在家中，只因非得出去看望一个旧相识不可。”

“吴太太若将小姐情郎的名姓告诉吴老爷，岂不是可以自证清白？”

狄公听到此处，不禁微微一笑，三夫人应对得果然十分得当。[1]

“我要是知道的话，定会立时就告诉他！”吴夫人应声答道，“那小妮子还对家中的书记杨茂德眉来眼去，不过杨茂德这后生十分正派，从不理会她那一套。相好定是另有其人，只是我没能发现到底是谁。吴老爷对女儿管得太松，如今这些姑娘们，暗地里偷起汉子来都机灵得很哩！”

“吴太太为何不让你那旧友对吴老爷说明，当天晚上你本是与他一起的？”三夫人柔声说道。

吴夫人面带疑虑瞥了三夫人一眼，慢慢说道：“这个么，实话对夫人讲，那天晚上，正是杨茂德请我出去的。他深通人情世故，看出我平素日子过得无滋无味，于是请我去一处地方散散心，不消说全是光明正大的。不过要是让我家相公知道了，定会大发脾气，他虽说心地仁厚，却十分古板老套。”说罢叹了一口气，又急急叙道：“我还是长话短说。今日一早，吴老爷忽然对我道是要去着手料理阿玉失踪一事，夫人且想想看，都已经过去将近半年了！想是县令老爷将他召去的？”

“吴夫人，对此我实在无可奉告。老爷在家中从不议论衙门公事。”

---

[1] 此句不见于荷文本。

“真是英明得很！接着吴老爷又唤来李迈，那人平素与他来往最密，既做钱庄生意，也买卖金银器，虽说有些自高自大，但为人总还不坏。后来他二人出了门，直奔县衙而去。夫人听过这来龙去脉后，只望能对县令老爷透个消息，好让他转告吴老爷，为了自家着想，还是打消对我的无端猜疑为上。过后县令老爷自会处置阿玉私奔一事，他可是赫赫有名的断案行家哩！定能不费吹灰之力就寻出那一对男女来，彻底了结这桩丑事，吴老爷从此也会好好待我。信不信由你，自从那小淫妇失踪后，他就再没踏进过我的卧房一步！要说的到此为止。”

三夫人默然半晌，方才说道：“吴夫人这一番言语，我自会认真思量。不过仍得再说一回，老爷不喜与我等议论公事，因此说不准他是否会……”

吴夫人起身离座，轻拍三夫人的手臂，微微笑道：“像夫人这般标致的美人儿，但凡说出一句话来，哪个男人能不乖乖听命照办呢！包管错不了！多谢夫人一片好意，耐心听我絮叨了这半日！”说罢重又裹起头巾。

三夫人送客出门，然后转身折回，掀开月洞门上的帘幕，眼中泪光莹莹，黯然说道：“听罢让人好不难过。”

狄公将三夫人拥到身侧，在她手背上轻拍几下。

十三

狄公对洪亮马荣讲述了吴夫人来访一事，二人听罢目瞪口呆，半晌无语。狄公收起笔录，最后说道："吴夫人品性粗俗，对于男女暧昧十分精明，一眼便能看穿，但是完全不懂其夫的心思。吴宗仁想要知道女儿的下落，同时也想保护其妻，无论她是否当真做过不轨之事。正是因此，他才会临走时执意要我答应，在诉诸律法之前先将实情告知与他。若是我查明吴夫人当真与吴小姐失踪一事有涉，他便会劝说我将此案搁下不提。"

"在老爷看来，吴刺史的怀疑会不会有几分为实？"洪亮问道。

狄公手捋长髯思忖半晌，终于说道："我得说仍是毫无头绪。我只知道吴夫人关于吴小姐与人私奔的说法纯属无稽之谈。若是吴小姐真有情郎，相信吴夫人定会查明到底是谁！至于吴夫人自己犯下的过失……她对三夫人说起吴宗仁对她的怀疑时，倒是直言不讳，不过并不能证明什么。她一心认定吴宗仁来见我是要控告她。吴夫人向来耽于肉欲，此类女人若是长时间独守空房，常会沦为淫荡放纵之人。”

“有一事我想不明白，”马荣开口说道，“杨茂德被踢出吴家后，为何李恪要收他为帮佣？那杨茂德显然与吴夫人有些暧昧，我们还得多多打探有关他的消息。无论如何，他总是杀人案中的另一个死者！”

狄公方才看了半日笔录，此时抬头徐徐说道：“去年吴小姐失踪，如今紫云寺内出了人命案，这两件事都与杨茂德有涉，实在有些蹊跷。我可从不喜欢什么巧合！塔拉也知道吴小姐，可见此事与突厥人亦是不无干系。”

“我再去找吐尔贝，让她去突厥人中打问一下汉人女子被劫之事。”马荣说道，心中暗想比起塔拉和吴夫人来，吐尔贝实在要好得多多。

“好，马荣，你这就去办。或许吴小姐一直被囚禁在北里的某个地窟之中。不过，你先得再打探些关于曾三的消息。如果吴小姐果真被劫，我们迟早会捉住那些歹人。眼下的当务之急，还是尽早查明杀人凶手，免得他再度行凶作恶，就像昨晚企图取你性命一样。”

这时有人敲门。只见一名衙吏走入：“启禀老爷，李迈先生又转回衙院，说是老爷若能见他一面，将会不胜感激。”

“带他进来!”狄公命罢，对洪亮马荣说道，“我留意到李迈有话想说，却被吴宗仁拦住了。”

李迈走入二堂，见除了狄公还有旁人，不禁猛吃一惊。

“李先生只管坐下!”狄公不耐烦地说道，“这二人皆是本县的心腹随从。”

洪亮挪过一把椅子，李迈坐下后，小心地整整长袍，两眼平平望着狄公，开口说道：“老爷肯见小民，实在感激不尽。方才吴老先生在场，令我不能开口畅言。”说罢清清喉咙，又道：“首先，小民想重申一遍，吴小姐是我的未婚妻，无论这半年中她曾遭遇何事，一旦找到，我定会立即娶她过门。”说到此处，坚决地抿紧两片薄唇，随后又道：“其次，小民觉得老爷因为不想令吴老先生伤心，便不忍将官府得到的消息告知与他，但是老爷对我则不必有此顾虑。无论何种惨事，我都已准备好洗耳恭听。”说罢望着狄公似有所待。

狄公靠坐在椅背上。“李先生，本县只能重述一回今早对吴先生说过的话。”见李迈无奈地拱手一揖，接着又道，“不过，若是你能对本县说说，去年你与吴先生是如何四处寻找吴小姐的，将会对官府查案颇有助益。”

“回老爷，小民乐意从命。当日我亲自去汉人开业的南里仔细打问过，却是毫无结果，过后又命一个年长伙计出去打探，他在本地土生土长，有许多亲友故旧，在三教九流中四处打听，也是全无消息。”李迈说罢，迅速瞥了狄公一眼，又道，“我深信绑去吴小姐的并非本地人，而是一伙四处流窜的游民，事后立即带她去了别处。”抬手揩揩汗湿的面颊，“我曾给五处州县的金银匠行会首领写过书信，并附上吴小姐的肖像摹本，仍然无有下落。”说罢叹息一声，“老爷责备我当日不曾敦促吴老先生立即报官，此话着实在理，不过如今仍为时未晚！若是老爷发一通告给各地县令——”

“本县正打算如此行事。至于吴小姐的肖像摹本，李先生可否给本县十来份？”

李迈听罢，似乎颇为不安：“一时……一时怕是难有，老爷。不过小民自会尽力……”

“如此甚好，再附上一份年貌详述。你大可让令弟去经办此事，他既然画技纯熟……”

李迈面上失色：“小民与他已彻底断绝了来往。有句话不得不对老爷说，他一向品行不端，实为憾事一桩。他在我家中长住多年，吃穿用度全都靠我，从不干一点正经事，只是胡涂乱画几笔，或是读些关于炼丹服食之类的邪书，晚间则去那赌馆酒肆中消磨，甚至更为不堪的地方。

与他来往的人中，还有那吴夫人和……”说到此处，咬住嘴唇住口不语。

“吴夫人？”狄公惊问道。

“回老爷，小民本不该提起此事！”李迈懊悔说道，“既已说漏了嘴，倒不如痛快道出，还请老爷千万保密。吴夫人在嫁给吴老先生之前，曾与一人姘居过，他二人我早就认得。那男子精通金工手艺，有时帮我做些零活，但是人品下劣，还与一伙地痞无赖混在一处。那女人被他抛弃后，便来求助于我，想让我帮忙在店铺或是别处找个活计，碰巧吴老先生前来，一见那女人，竟然立时就中了意。我本想对吴老先生说明之前的种种情形，但那女人对我发誓赌咒，说她从未涉入过任何为非作歹之事，并郑重答应嫁入吴家后定会做个贤妻。我不得不说此女着实精明能干，于是就没有作声，随后吴老先生便娶她为妻，就在去年五月十五日。须得说她将吴老先生照顾得甚好，只可惜与吴小姐合不来。”

“不错，本县也听到过一些流言。到底为何？”

“回老爷，吴小姐相貌可人、饱读诗书，只是全然不通世故，遇事只会依照书上的教条去理解。她从没想过继母的出身背景完全不同，只是一味反感，我也确信这种反感并非来自一方，而是彼此都有。吴老先生也心知肚明，便亲自照管吴小姐，这情形着实很不寻常：一个年轻女子竟没有年长的妇人可以谈心求教。正是因此，当吴老先生提出这桩婚事时，我真是喜出望外。虽说我比吴小姐年岁稍长，但是吴老先生说阿玉正需要这样一个夫君，遇事可以对她耐心解说，再告诉她该如何应对。换句话说，自从其生母过世后，吴老先生一直照管她，如今需要一个丈夫来接过此任。”

李迈抬手轻捻一下漆黑的髭须，接着又道：“小民确实深爱着吴小姐，并且自认在这年纪，仍算得上年富力强。平素我只喜爱骑马打猎，因此身体健壮。”

“明白了。还有一事，吴先生说家中书记杨茂德有意勾引吴小姐，你可同意此话？”

“回老爷，却是不敢苟同。我对杨某人并无多少好感，他与我那不成器的兄弟时常出入同样的所在。不过他在吴家一向行止端正，到底是个读书人。”李迈思忖片刻，接着又道，“或许吴老先生有些多虑，总是疑心其他男子对他女儿有所企图。吴小姐在家中过得并不舒心，小民之所以想尽早娶她过门，这也是原因之一。”

“多谢李先生这一番相告。若是再无别话，你我便就此打住。在县衙开堂之前，本县还有几桩要紧事急需处置。若是查案有了进展，定会让你知晓。”

李迈告辞离去后，马荣说道："倒是个正人君子。我们必须试试……"

狄公似是听而不闻，沉思说道："不知李迈为何要特意返回。想想方才这一番话，我只记得他问过一事，即可曾发现什么新的消息，还特别说过两件事，一是重述对迎娶吴小姐的决心，二是强调去外地寻人的重要。实在不值得专程跑来一趟！让我觉得很是奇怪。"

"老爷，据我想来，他还想抹黑吴夫人。"洪亮插言说道，"他提到吴夫人，并不是偶然说走了嘴，而是有意要揭出她以往的经历。"

"不错，我也同有此感。如今再说那桩杀人案，我本打算用过早饭后，便径去紫云寺彻查一番，不料竟有这许多访客接二连三地跑来，如今已没有工夫，只得过后再去。我自会尽早退堂——关于紫云寺杀人案，只需不痛不痒地敷衍几句，只道是仍在继续查案，阿刘仍关在牢中等候发落云云。马荣，你不必跟着上堂去，我想派你去找那所谓的丐王，虽说他如今已然失势，不过仍会知道城里许多事情。你去问问他是否认得曾三，再看能否找到为曾三刺花绣之人，想必不会有很多人操此营生，因为在身上刺花绣的风气已渐渐消退。说来实难置信，小商小贩和地痞无赖们也会如此紧跟时兴风尚，竟与名妓娼女一般无二哩！若是你找到那人，问问他在给曾三背后刺上紫云寺图样时，曾三可否说过什么。但愿……”

这时班头走入，将两大卷公文放在案头，郑重说道：“启禀老爷，关于高罗两家一案，如今又发现了新证据。高家相信有了这些文书，今日早衙开堂时，老爷便可了结此案。小人已从公廨中取来所有案卷，以供老爷查找。”说罢仔细撣去文书上的尘土。此案由于遗产继承而起，不但牵涉极广，且又事关一大笔钱财，悬而未决长达数月之久，班头送来的便是所有相关文书。依照惯例，打赢官司的一方将会送给班头及其手下一笔丰厚的谢金，因此衙内众人甚为关切。

“好。你去大堂看看，务必准备好开堂前的一应事宜!”

班头掩门离去后，狄公怒道：“真是太不走运！我将高罗两家一案交托给主簿去办，他已仔细查过，对其中详情了如指掌，只是如今人还在同康未归！洪亮，你我必须赶紧看过那两卷文书！还有半个时辰，早衙便要开堂了！马荣，你只管出去办事，不必着急。只怕等到午后多时方可退堂!”

十四

马荣回到房内，重又换上昨日去见吐尔贝和塔拉时穿的那身破旧衣裤，一路行至集市中。一家露天饭铺的长桌旁，许多脚夫与苦力来来去去，马荣也上前坐下，要了一大碗辣面，发觉竟十分可口，于是又要了一碗，吃罢后满意地打个饱嗝，伸手取了一根牙签，对坐在旁边正埋头吃面的苦力说道："你胳膊上刺的那条蛇看去蛮不赖。我的相好说我应该在胸口上弄个花绣，喘气时一动一动，令她总是心头痒痒的。"

那人冲着马荣宽阔的胸脯打量一眼，说道："你可得花费不少银子哩！不过倒不必跑远路，手艺最好的刺花匠就在下一条巷子里开业。"

马荣依言寻去，果然找到了地方，摊主正忙着整理竹针。马荣盯住他看了半日，阴沉说道："曾三是我的朋友，刚刚被人杀了，你刺在他背后的老虎面具没什么鸟用！"

"这位兄弟，那全得怪他自己不听劝！我明明对他说过，如果不给老虎添上红胡子的话，就不能保佑他平安无事，不过上好的大红染料很贵，因此得多加十文钱，结果他非不答应，看看落得什么下场！”

“他对我道是刺在后腰上的佛寺十分灵验，因此不必再给老虎添什么胡子，何苦白花十文大钱！”

“是个寺庙对不对？曾三说过那只是一座空房，正等着有人去偷哩！还让我在下面刺上‘多金多福’四字，结果一样都没捞着，也是够倒霉的！你老兄想要个什么？来看看我这书上的图样如何？”

“免了免了！我这人向来最怕疼！后会有期。”

马荣口嚼牙签朝前走去，心想曾三果然对寺内藏金一事守口如瓶。一时行至关帝庙前，马荣登上宽阔的汉白玉石阶，见那庙祝正坐在小屋里打瞌睡，于是掏出两文钱来，买了几炷线香，点燃后插在案桌上的青铜香炉内。只见上方立着一座高大的镀金关帝像，面貌英武，胸前一把美髯，手持一柄丈把长的大刀。

“还请关爷保佑我今天交好运！”马荣喃喃念道，“要是能行的话，顺便再送一个小娇娘来。办了这几日案子，还从没遇见过一个哩！”

马荣出门走到街中，遇上一个独腿叫花子伸手乞讨，于是摸出一枚铜板，放在他脏污的手掌内，随即打问丐王住在何处。那叫花子面皮松弛，两眼深陷，狡黠地瞥了马荣一下，竟然拄起拐杖，三步并作两步溜走了。马荣骂了几句娘，又去问两个闲汉，那二人却只是冲他干瞪眼。

街巷内嘈杂喧闹、浊臭逼人，马荣漫无目的地四处游走，想要找个合适的去处打听丐王下落，心知穷苦人对自家秘密十分看重，并且总会彼此抱团。马荣只觉又累又渴，于是走入一家小饭铺，坐在油腻的柜台前，心想须得给自己编个姓名来历，虽说这一身游民打扮不会令旁人起疑，却与他们素不相识，这一点甚为要紧。但见旁边五六个苦力正怀疑地打量自己，马荣不禁心中着恼，怒瞪着面前陶碗里的酒水，再次惋惜没能与好兄弟乔泰一道前来。二人只要精心演上一出双簧戏，众人的敌意便会立时烟消云散。

马荣喝罢第三碗酒后，只见门帘一动，走入一个衣衫不整的女子。那几名苦力显然认得她，纷纷粗口戏谑起来，其中一人还上去拉扯衣袖。女子叫骂一声，将那人推到一旁："把手拿开！做生意只在晚上，白天是用来睡觉的。刚刚回去看了我老娘一趟，她又开始吐血，身边也没个人照料。给我倒一杯酒，付你现钱！"

"算在我账上！"马荣粗声粗气地说道。

"为何你要出钱？你又是何人？"

“我从同康来，是曾三的表兄弟。”

几名苦力闻听此言，上下打量马荣一眼。其中一人冷笑道：“专为搜罗他死后剩下的东西？”

众人听罢，立时哄笑起来。

“我是专来算账的。”马荣轻声说道，等店内骤然息声，接着又道，“可有谁愿意帮我一把？”

“这位老弟，对我等来说，这笔账可太大了。”一个老年苦力缓缓说道，“官差捉去了阿刘，日后自会砍下他的脑袋。不过做下此事的既不是阿刘，也并非我们中间的哪一个，却是个可恶的外路人。”

“我不管到底是谁，只要能寻到他就行。不知丐王如今怎样？”

“丐王很不走运，”女子低声说道，“去问住在那一带的姑娘们就知道了！一次十个铜板，事先不许看货！”说罢举杯一气灌下，“无论如何该去问一问他。我记得以前好像在那边见过曾三一回。”

马荣起身付过酒账，对那女子说道：“给你十个铜板，这就带我过去。”

“我自会领你走到那里，不过不收钱。曾三虽不厚道，不过竟被一个凶悍的外路人干掉，这事我们可不能答应。”

众人一听，纷纷咕哝着表示赞同。

女子引着马荣走过几条街，停在一条崎岖小巷的拐角处，说道："你走到另一头，就会看见一座旧兵营。官兵早已撤走，如今是一群姑娘住在里面，还有她们的小崽子。丐王就住在下面的地窖里。望你好运！"

小巷内铺着大大小小的鹅卵石，两旁皆是旧房，用大块灰石盖成，以前住的曾是殷实人家，但是如今每座房内都挤进了十来户穷苦百姓。从二楼窗口伸出一根根竹竿，上面晾晒着衣物，马荣每走几步，便不得不猫腰躲过，免得碰到湿衣。许多住户坐在街边的长凳上，一边喝茶，一边大声议论着家长里短，女人从楼上窗户里伸出头来，或是听人闲谈，或是朝下叫嚷发话。走过一程后，周遭渐渐转为静寂，街角处果然立着一座兵营，看去十分破败，木门紧闭，窗上遮板关合，听不见里面的一丝动静。路上行人寥寥，住在其中的女子们忙碌一夜后，此时正在熟睡。

大门旁边另有一扇小门开启，却是低矮乌黑。马荣走到近前，弯腰朝里一瞧，只见一道陡峭的粗石台阶直直下去，正是通往地窖。

马荣缓步朝下走去，一股垃圾秽物的阴湿气味扑面而来。地窖内甚是幽暗，只有一丈来宽，不过长度却超过四丈，足见横贯整个兵营。高处有一扇拱形窗户，正在屋梁下方，窗台与外头的街面平齐，唯独从那里透入一缕亮光。后方远处摆着一张矮桌，用原木制成，桌上点着一支蜡烛，不时噼啪作响，桌前一张竹凳，除此以外再无其他家什，似也不见一人。马荣直朝蜡烛走去，两旁的石墙上长满绿霉，不时滴下串串水珠。

“站住别动!”一个尖细的声音响起，似是来自头顶上方。马荣闪到一旁，抬头望去，依稀瞧见一团黑影靠着窗边的铁栅，又走近几步，这才看清原来是个小老头儿，正盘腿坐在拱窗的角落处，圆圆一颗秃头，鼻子又长又尖，枯瘦的脖颈从破烂黑衣中伸出，活像一只蛰伏的秃鹫，正预备扑将下来擒住猎物，手持一根长棍，棍子末端镶有一只形状骇人的铁钩，一双小眼明显斜视，正恶狠狠地冲这边打量。

“且慢!”马荣叫道，“我想求见丐王，打问一点正经事。”

“让他过来，斗鸡眼!”从地窖后方传来一个深沉浑厚的声音，“有人为了问事还不惜花钱哩!”

窗边那人一挥长棍，示意马荣可以过去。这时从外面街中传来脚步声，只见他从铁栅间抬头朝外窥视，忽然将棍子掉转过来，从栅栏的空隙间探出去，动作十分灵活敏捷，再度抽回时，铁钩上挂着一块沾有泥巴的油糕，随即伸手抓过，心满意足地大嚼起来。马荣朝桌案走去，心想方才幸亏没被那铁钩套中了脖子。

马荣努力定睛打量，却只能看见桌案上方有一道漆黑的拱券，左右两旁各有一根粗大石柱，右边一根似是即将坍塌，表面裂了几道歪斜的宽缝，四处挂满蛛网。

“坐下！”低沉的声音再度响起。

马荣在竹凳上坐定，只见黑暗中伸出一只毛茸茸的大手，用粗壮的拇指和食指掐去一截烛芯。借着升腾的烛焰，马荣方始看清适才以为是一堆碎砖石的东西，实为一个外形模糊的巨人，留着一把大胡子，高高坐在桌案后方的石柱台基上，宽阔的后背弓起，正好嵌在砖石脱落后留下的空穴内，一头灰白的长发纷乱披垂，额头高耸，皱纹密布，浓眉下一双铁灰色的大眼紧紧盯住自己，身穿一件打着补丁的旧外褂，布料已褪为模糊难辨的灰土色。

“我名叫邵八，”马荣粗声粗气地说道，“从同康来，是曾三的表兄弟。”

“和尚，这厮定在扯谎！”斗鸡眼尖叫道，“曾三从没说过有什么表兄弟！”

“老五进了大牢，”马荣连忙说道，“有人害了曾三性命，如今轮到我来替他报仇。”

“邵八，你为何跑来找我？”

“因为我在同康时，听人说过你是这里的头领。”

“以前倒是头领！”斗鸡眼说罢，咯咯大笑起来。和尚从桌下拣起一块碎砖扔去，笑声戛然而止，紧接着传来一声吃痛不禁的嘶叫。只见斗鸡眼在窗边上下乱跳，活像笼中受惊的鸟雀。

和尚对着马荣上下打量一眼，说道：“你跟曾三一样人高马大。我不知道是谁害了他的性命，不过我却知道他在找什么东西。”

“这话有个鸟用！”马荣嘲笑道，“自然是寺内的金子了。等我捉到那该死的凶手，自会让他说出金子到底藏在哪里！”

和尚并未答言，用大手缓缓摩挲着桌面，只见木头桌面上刻着各种方圆形状，还有复杂怪异的图符。和尚举起蜡烛，注视着弯弯曲曲的线条，硕大的头颅朝前低垂，只看见一团灰白乱发，半晌后抬头说道：“我曾在这里画过很多图样，可惜次序乱了。”此人虽然声音嘶哑，但是谈吐措辞却像个读书人，马荣不禁暗吃一惊。

“邵八，我没法告诉你太多事情，不过可以给你一个忠告，将金子弄到手，将凶手忘在脑后。”

“这我可忘不了，不过先弄到金子也没坏处。你想要多少？”

"六成六。"

"莫非你疯了不成？给你五成。回头我还得与老五平分哩！"

"就像你我平分一样，和尚！"斗鸡眼出声叫道。

"一言为定。"和尚说罢，从破烂的衣袖中摸出一枚小木片放在桌上，上面写着几个异国文字，"邵八，今晚你去庵堂，就是紫云寺旁边的小庙，在东门外的山坡上，随便找个人一问便知。你翻墙进去，大门左边有一幢小小的砖房，便是下人住处。你在门上连敲四下，然后将这木牌给那丫鬟看过，她的名字叫做春云。"

"那狐媚子风骚得很哩！"斗鸡眼挖苦道。和尚又朝他掷了一块石头，可惜没能命中，当啷啷掉在地上。斗鸡眼又咯咯大笑起来："和尚，你的眼神越来越不济了！"

"莫非她已找到了金子？"马荣问道。

"倒还没有，不过可能就在眼前。你二人合力去办，自会大功告成。"

"既然如此，你为何不亲自去？"

"因为他走不动路！"斗鸡眼嘲笑道，"要不是我替他弄口吃的，早就像癞皮狗一般饿死了！众人居然还管他叫丐王哩！"

"我的两腿有些乏力，"和尚低声说道，"风湿渗进了骨髓里，后背和两腿都直不起来。不过我仍能骑马，脑筋也还好使。你可不要想错了谱，邵八！”

“那杨茂德又是怎么回事？他也能分到好处不成？”

和尚搔搔凌乱的长发，直直盯着马荣，眼神古怪，一动不动：“看来你也听说过杨茂德了？他已经失踪不见。邵八，你最好留神些！不定你也会一样失踪不见。我不知道是谁杀了曾三，不过那人定是心狠手辣。你今晚就去庵堂。”

“去跟那小淫妇混在一起！”斗鸡眼叫道，“上算得很哩！”

和尚伸出两条粗壮的胳膊，支撑着自己缓缓立起，马荣见他身形庞大，比自己至少要高出两寸，只可惜后背佝偻，宽阔的双肩凹陷下垂，看去颇为古怪。

斗鸡眼在窗台上来回蹦跳，破烂的黑衣像翅膀一般不停飘动，口中哀告道：“和尚，对不住对不住！主公，实在对不住！”

“斗鸡眼，你给我住口，不许再多嘴多舌。”和尚怒吼一句，重又坐下，对马荣说道，“邵八，后会有期！”说罢背靠石柱，将头埋在胸前。

马荣站起身来，冲着窗边的斗鸡眼挥一挥手，直朝石阶走去。

马荣一路走回县衙，口中兴冲冲吹着小曲，出去打探了整整一下午，如今已是暮色降临，不过确实大有收获！女住持曾对老爷说过那侍女常与地痞流氓搭讪，如今方知原来是丐王安插的眼线！今晚必会十分得趣——而且趣事多多哩！

前方亮着两盏红彤彤的油纸大灯笼，马荣一看，心知又到了关帝庙，便再度进去焚香祝祷。关爷果然灵验无比，立时便送来桃花运了！

马荣回到衙院，听班头说老爷与洪都头正在书斋内与画师李恪面谈，于是立即返回自己的住处，梳洗一番之后，又换上一身干净的衣袍。

十五

书斋门外的汉白玉平台上，管家正在点亮一排灯笼。透过敞开的门扇，马荣瞧见狄公反剪两手，站在硕大的乌木雕花桌案旁。洪亮正帮李恪展开几幅画卷。

狄公一见马荣在门外，便对李恪说道："李先生未能绘出本县想要的边塞风光，实为憾事一桩。不过我也深知在如此偏远之地，上好的画纸实在不易得，并且想要绘出一幅风格凝重之卷，只有等到心境适宜时方能下笔。本县非常乐意欣赏这三幅去年的旧作，想来可以挂在墙上某处。洪都头，你去叫管家再送几支蜡烛进来。趁此机会，我先与手下亲随去花园里散步纳凉片刻。"

狄公带着马荣走到平台远角处，在刺槐树下的石凳上落座，开口说道："今日早衙开堂，直拖到午后多时方才告终。我不得不下令延期再审，因为另一家居然也找出了新证据！如此棘手的争产案，我以前还从未遇到过哩！退堂后刚刚更衣沐浴完毕，李恪又来求见，这次可与他稍稍长谈一阵。你去城里打探得如何?”

马荣详述一番午后进城的经历，狄公对于他和丐王的谈话格外有兴，命他又逐字逐句重述了一遍。

“马荣，你办得实在漂亮！如今总算看到了此案的某些内情！虽然凶手的身份依旧不明，不过我们离被盗的黄金却更近了一步！今天晚上，你就和那侍女一同潜入寺内寻金，想必要远远好过我们带着一群衙役前去！再试图让她多讲些有关和尚的事，这人似是极不寻常。”

狄公抬手拂去腿面上的几瓣落花，站起身来，二人走回书斋。

房内点起了四盏大烛台，照得一片通明。三幅中堂悬挂在书架顶端，地杆直垂到地面，李恪与洪亮端立画前。狄公将座椅一转，对面坐下，手捻颊须默默审视。

“中间的那张水墨山水，本县最为中意。其他两张或许笔触更为精细些，不过中间一张的用笔却是率意恣肆，大有古风，看去意境深远。如果你不曾在地平线上加画小岛，观者便不会看出那正是海天相接之处。”

“老爷真是深通画理，”李恪感激说道，“小民一向力求画出深远之境，只可惜少有成功之时。”

“若是当真达到了想望已久的至高境界，难免会有餍足之感。”狄公淡淡说道，“李先生请坐下用茶。”

这时管家捧进一只大茶盘，众人开始举杯品茶。狄公又道：“李先生画艺精湛，理应娶妻成家，然后有朝一日便可将此技传授给子女。”

李恪浅浅一笑：“娶妻成家正会带来老爷适才所说的餍足之感，使得缱绻柔情变得索然无味，作画的灵感也会从此消失殆尽。”

狄公断然摇头：“李先生此言差矣。婚姻乃是我们神圣社会秩序的基石。假若你一生足不出户、离群索居，或许可以无所顾忌地追逐情爱，不过，既然你不得不走出门去、踏入世间，就必须改善自身以适应外界，否则便会处处受挫。古时曾有一位文士，将个人比作驷马中的一匹。每匹马在队中都有相当的自由，可以慢走也可以快跑，可以朝左也可以朝右，只因车辆总不会偏离大道。这马若是脱缰逸去，就会从此略无羁绊，变得完全随心所欲——不过只是一时畅快而已，过后一旦觉得疲惫孤单，想要再度归队时，便会发觉路途已渺，于是永远也追赶不上大队人马了。”

李恪听罢面如土色，两手颤颤端起茶杯，众人一时尴尬无语。李恪抬头问道：“小民另有一事相询，不知紫云寺内的人命案勘查得如何？官府可否找到了足够的证据给那歹人定罪?”

“查案倒是颇有进境,”狄公含糊应道,“虽说慢了些,却十分稳妥扎实。”说罢呷了一口茶水,意为端茶送客。

李恪正欲起身,忽然抬手一拍前额:“小民真是愚钝至极!还有一事,本打算立即报知老爷,结果险些忘记了!老爷昨天走后,小民想起来以前确实见过那个乌檀木小盒。”

“好,好,此事甚为有趣!不知李先生何时何地得来的?”

“回老爷,大约半年前,是一个老乞丐送来的。他跑到敝宅,非要将这盒子塞给我,想换几个铜板,因为上面沾满了泥巴,我并没看到盒盖上镶有翡翠。据他说是从紫云寺背后的山坡上拣来,离一个兔子洞不远。小民当时有事在身,只想赶紧将他打发走,不过看他委实可怜,于是便收下盒子,给了他五文钱,转头便扔进一只竹篮里,与其他废弃之物放在一处。后来,孔庙背后的古董铺掌柜前来买一幅古画时,我便将那一篮东西全都给了他,好换得一笔银钱。”

“多谢李先生。本县很高兴能得知那木盒的来历。多谢你带来的这几幅旧作,我会留下赏鉴几日,等拿定了主意,再派人告知与你。顺便问一句,你那帮手杨茂德可曾返回家中?”

“没有，老爷。不过他很快便会回来！我在城里四处打问过，得知他与两个狐朋狗友出去寻欢作乐，想必又得花费不少银子!”

“明白了。本县碰巧见到他以前的东家，即致仕还家的吴刺史，听说杨茂德曾因行止放荡而被逐出了吴家。”

李恪恼怒地摇头说道:“那吴刺史是个古板守旧的老顽固，正与家兄一模一样！他二人见识鄙俗、心肠冷硬，对于意见稍有不合之人，从无半点同情之心!”

“正是因为有了形形色色的各类人等，才会成就如此大千世界。李先生走好，洪都头自会送你出门。”

“如此说来，木盒正是出在紫云寺附近，老爷!”马荣叫道。

“不错，”狄公缓缓说道，“此事着实蹊跷。李恪所言若是实情，则吴小姐失踪便与紫云寺亦有干系。若是他有意编造，为何偏偏要挑选一个如此离奇的故事?”说罢缓捋长髯，思忖半晌，又道，“究竟是谁向他谎称杨茂德与二友在外面寻欢作乐的? 此人明明已经丧命!”

马荣耸耸肩头:“回老爷，这事倒不难解释。我曾对老爷说过，昨天我遇见李恪时，他正在店铺里挨家挨户地寻人。谁还不知道那些店铺掌柜们，为了将打听人的来客打发走，总是含糊其辞地随口敷衍几句拉倒，只因不想卷入他人的麻烦中去，自家的麻烦已经够多了！”

“你这说法，我自会好好思量。亥时一过，你便出发前去庵堂，那时女住持必已做过晚课，回房安歇去了。”

狄公穿过内宅花园旁边的敞廊，直走到大夫人的住处。只见窗户敞开，里面有人正拨弄二胡，并伴有木头响板的敲击声。

狄公走入花厅，却见厅内聚集着许多人，正齐齐望向后方。那边有一座临时搭起的小亭阁，大约七尺来高，悬有大红织锦，从上方垂下一幅薄薄的白布帘幕，背后点起油灯照亮，色彩鲜明的小小人形从幕布上掠过，并传来说书人的吟唱声与欢快的奏乐声。狄公蹑手蹑脚走到众人身后的角落里。这便是昨日大夫人在寿筵上应许给小儿女们观看的皮影戏。

三位夫人坐在正对戏台的一张长凳上，旁边还有几个儿女及其保姆。后面站着家中用人，只因今天日子特别，甚至洗碗碟的粗使丫鬟们也获允进来观赏，人人都看得津津有味。

狄公交叠双臂，注视着前方五彩斑斓的皮影戏。那些精致的人偶，乃是用细羊皮纸剪出，涂上透明的颜料，再用铁线在幕后牵动。只见表演者将人偶推到幕前，令众人能看得分明，竟至纤毫毕现，随后又使其渐渐离开幕布，似是消失在远方。

在如此寿筵之中，上演的一般都是吉祥戏中的段落，这一出便是关于西王母的剧目。只见蟠桃园内，树上结满了红艳艳的仙桃，西王母立于树下，正对着天界众仙宣讲个不停，又举起两条广袖，恰似一只绚烂的蝴蝶。一只白猿现形出来，想要偷吃仙桃，并开始施展法术戏弄众仙，小儿女们看得连连拍手叫好。

比起这皮影戏来，现实中的情形更为纷纭复杂。意外之事一桩接着一桩，各种发展难以预料，故而使得起因也逐渐模糊不明。即使是精心策划的计谋，也可能由于阴差阳错而中途夭折，种种奸计又与世人复杂无比的行为纠缠在一起。以此推之，若是假定紫云寺一案的凶手事先订有明确的计划，并以这一假定为基础而试图解释所有事件的话，本身便是一个错误。在很大程度上，必须考虑到犯下的过失与偶发的巧合。

狄公想到此处，缓缓点头。不妨再猜测一下木盒出现在紫云寺附近的原因，如此一来，盒内字条中那些明显抵牾不合的可疑之处，便可得到合理的解释。老天！若是猜测果然正确，那么李恪所说的木盒来历，便是自己从未遇到过的奇事了！

这时木头响板发出长长一串敲击声，昭示第一出戏行将闭幕。狄公快步溜出门去。

十六

再探紫云寺之前，马荣心想最好走后院入寺，于是从北门出城而去。

上山的小径倒不难寻，不过半路中却分出数条岔道。马荣走了好几回冤枉路，方才行至山顶，在一小片开阔地中稍稍休息片刻，眺望着兰坊城内闪烁的灯火。

马荣走进树林，看见衙役小方坐在一根树干上。他先是禀明另有一人正守在山门附近的台阶尽头，又指出那条通向庵堂的小路，随后返回原处。

马荣走不多远，便看见了庵堂的朱漆大门。围墙并不甚高，一片幽暗之中，墙头的砖瓦看去似是崭新坚实。马荣心想这墙虽不难攀爬，不过还是等到云破月出时再说，只因夜中十分寂静，即使碰掉一片砖瓦，也会弄出老大的响动来，于是从灌木丛中搜出几块大石，在大门左边靠墙堆成一摞，等月亮刚一露头，便踩着石块攀上墙头。丐王说得果然不错，下方便是用人住处的屋顶。马荣俯身朝前挪了几步，随即纵身跃下，轻轻落在砖石铺地的庭院中，先朝女住持的居处迅速一瞥，见窗内仍有亮光，然后蹑手蹑脚走到小屋前，在门板上轻敲四下。

里面似是毫无动静，马荣再叩一次，并将耳朵贴在木头门板上。这时听见有光脚走在地上的声音，紧接着门扇开启，马荣闪身入内。只见这房舍十分狭小，竹桌上点着一支廉价的烛台照亮。

开门的女子身着一件薄袍，轻轻关起门扇，低声说道："你是何人？"马荣一瞥之下，只瞧见一张圆脸和一头乌发，于是从袖中摸出木牌，按在她温热的小手中，说道："我名叫邵八，是曾三的表兄弟。丐王派我前来，还告诉我你叫做春云。"

春云走到桌旁，凑近烛火仔细端详木牌。烛台旁有一面圆形铜镜，立在木头底座上，镜前放着一把缺了齿的梳子，显见得便是梳妆台。马荣朝四下打量一眼，只见家什寥寥，靠墙处一张简陋的板床，上面铺有旧苇席，床前一只松散的竹凳。墙上高处钉了一块搁板，摆有茶篮、黄铜水盆和一盏小灯笼，室内弥漫着一股廉价香露的气味。

"房子虽小，看去倒蛮舒服！"马荣议论道。

"少管闲事！"春云说罢，弯腰从床下拉出一张小炕桌放在床席上，盘腿坐在一侧，示意马荣坐在对面。马荣踢掉脚上的靴子，依命落座后，只觉得苇席上佳人余温犹在。二人隔着炕桌面面相觑，默然不语。

春云将几绺散发朝后一撩，露出脸来。马荣一看，不觉心花怒放，这姑娘正是自己中意的可人儿：一张俊俏的圆脸，双眸活泼闪亮，樱唇红润丰满，面颊上还嵌着一对梨涡，薄薄的衣袍下双峰高耸。马荣不禁在心中默默谢过关爷。

春云忽然微微一笑，开口说道："邵八，你虽说年纪不小，不过看去却比我爹那些朋友都要顺眼！"

"啊呀！"马荣惊叫道，"原来你是丐王的女儿！能和公主一起做事，实在三生有幸！丐王派我来帮你找金子。你倒是说说看，丐王如何会知道此事，因为曾三一向口风甚紧——我是说他活着的时候。"

"这个好说。我爹以前教过曾三拳脚功夫，因此曾三时常去看望他，还答应金子到手后分他一份。"

"曾三自己能得多少？"

"他得三成三，剩下的归杨茂德。杨茂德将此事透露给曾三，倒也合情合理。听说头一个想要得到金子之人十分凶残，杨茂德有些害怕，因此不愿独自一人前去搜寻，还真是怕得有理！如今那人不但杀了曾三，还将杨茂德弄得不知去向！从那以后，我对爹爹说夜里再也不进紫云寺内独自找金子了，就是不去！"

“我倒很想遇见那杀人害命的狗杂种！曾三的兄弟老五正在同康县坐大牢，所以才由我来算这笔账。”

“爹爹叫我来这里做活，与那个老乞婆住在一起，为的是要盯紧紫云寺。曾三既是你的亲戚，我也不想说他什么坏话，不过爹爹曾觉得他理应多加小心。”

“丐王说得一点不错！有一事我想不明白，那歹人将金子藏在寺内，为何不自行掘出再远走高飞？为何非要将金子留在原处，直等到曾三与杨茂德也插脚进来？”

春云耸耸圆润的肩头：“可能是他从别处偷来，然后藏在紫云寺里，不料藏得太过隐蔽，过后竟连自己也找不到了！他可不是没有好好找过！我查看过那该死的地方，敢说那人真是费心费力！每一处地板都被翻过，并且我也查看过东家住的屋子。”

“我的天！公主不会是怀疑那虔心敬佛的庵堂住持吧？”

“只要还不知道究竟是何人得了金子，我就对谁都信不过。说起虔心敬佛来，邵大哥有所不知，其实这老乞婆可阴毒哩！她一旦心中不快，就会拿我出气，取出一根细藤条来，口中说道：‘脱下你的裤子，伏在佛像前祷告，但求变得心性良善！’然后用藤条一边抽我，一边数着腕子上戴的念珠！这就是邵大哥说的虔心敬佛！”说罢朝地上啐了一口，“如今有你在这里，我也不介意再去紫云寺走一趟。我先给你看张草图。”

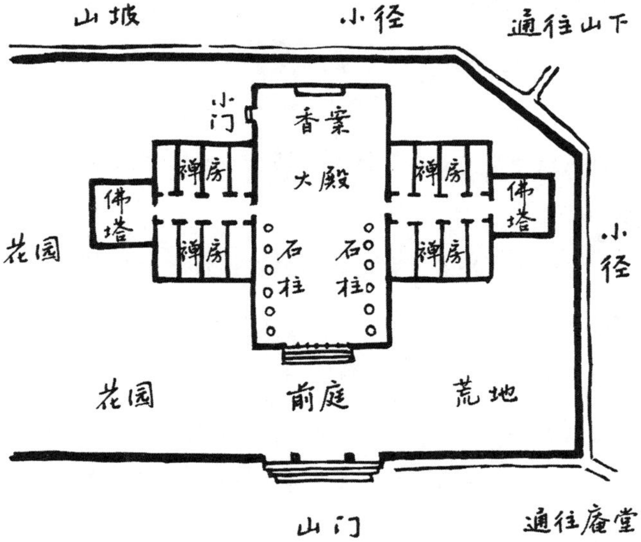

春云从床席下抽出一张纸，打开后抚弄平整：“你瞧，这就是正中央的大殿，我们就从那里开始。”

马荣细看草图，发觉竟与狄老爷洪都头口中所述一模一样，不禁赞道：“公主画得实在漂亮！”

“你以为我是谁？要说画图，我可是行家里手呢。遇上有钱的大户人家，我就主动进去帮佣，过后画出图来，好让我爹的朋友半夜钻入时不至走迷了路。邵大哥，你去那边就着烛火好好看一看，将这图记在心里。我们不可在东家入睡之前出门，还得等上半个时辰左右。”

马荣折起草图，咧嘴笑道：“公主，有这工夫，我更乐意与你再熟络些！常言说得好，除非对搭档知根知底，否则不可联手做事！”

“先办正事，再享乐子！”春云决然说道，“下床看图去！我正好要换衣服。你不许转头看我，两眼老实盯在纸上！”

马荣跳下地来，背对板床站在梳妆台前。春云脱去睡袍，在床后翻寻了半日，总算找出一条深蓝长裤与一件外褂，正要穿起时，却又犹豫一下，对着马荣的阔背若有所思瞥了一眼，面上淡淡一笑，将衣裤暂且放在一边，跪坐在睡袍上，开始动手梳理秀发，心想自己这般姿态，一定甚是撩人，开口说道：“不许回头！”

“我何必要回头呢？”马荣说道，“有这面镜子就够用了。哪怕只从背后，你也十分中看哩！”

“你这可恶的促狭鬼！”春云说着跳下床来，奔到马荣跟前，想要抓挠他的脸面，却被马荣一把搂在怀里。

春云穿好衣裤，从搁板上取下小灯笼，说道：“只有进到寺内，我们才能点起这盏灯笼。今日午后，我看见有几个人在大门附近转悠，似是衙门里的官差。自从曾三死

夜半时马荣会春云

后，他们便在寺庙周围把守，因此那杀人凶手今晚不会前来。不过我们可能会遇到鬼魂。”

“公主别说笑话了！”

“我没说笑话。紫云寺里确实有个女鬼，我亲眼见过好几回，在林子里飘来飘去，身量很高，穿一件吓人的白袍。我虽不喜欢鬼怪，不过这个女鬼倒不害人。有一次我差点撞上她，她却只是盯着我看，一双大眼十分忧愁，随后便飘走了。”

“管她忧愁不忧愁，我可不想遇上。这就走吧！我带你躲过那些守卫，想当年，我可是一条绿林好汉哩。”

春云吹熄蜡烛，打开嘎吱作响的门扇，低声说道：“奇怪！那老乞婆的房内居然还有亮光！”

“想必她是要读佛经！”

“而且还会大声念出来。好，我们这就出门，若是被她发现，我就跟她说个明白，且找别的姑娘去抽鞭子好了！”

二人蹑手蹑脚穿过庭院。春云小心地放下门闩，推开大门，在下面垫了几块鹅卵石，使得门扇半掩。二人顺着小路穿过密林。走到林边时，马荣嘱咐春云紧跟在自己身后同行同止，先伸头瞧瞧石阶尽头的几棵大树，想弄清衙役在何处看守，若是被他看见，未免十分难堪。果然丝柏树下有一人影，那懒鬼居然在呼呼大睡！不过如此一来，倒是容易得多了。马荣正要拽着春云朝前走去，忽然浑身一僵。只见那人双膝蜷起，两臂张开，样子颇为古怪。马荣疾步上前，俯身细看。

“他……他可是死了？”春云在身后低声说道。

“被人用一条细绳从背后勒死的。”马荣喃喃说道，“公主，你且回去吧。此后的活计全该男人去做，杀人凶手又回来了。”

春云握住马荣的手臂：“我要和你在一起。我以前也不是没经过阵仗。要是你跟他打起来，我还能朝他头上扔砖头哩。”

“那就随你自便！那歹人八成正在大殿里，我们不可冒险走前门，还是先翻过后墙，再从后门进去。”

“不错，后墙上有一处缺口。你随我来，我指给你看！”

二人走过正面外墙，转过拐角，又沿着边墙直走到东北角的一小片开阔地里。马荣停住脚步，低声说道：“稍等片刻，我先四处看看。”

马荣朝大树走去，意欲寻找衙役小方，然而直走到开阔地的边缘，也没见一个人影。面前一条小路，延伸到山下去。马荣轻吹口哨，四周仍是一片寂静，不禁暗骂一句，莫非小方也被那凶手谋害了不成？想到此处，忽觉心里一紧，似是有人正盯着自己，此时又逢行云遮月，饶是睁大两眼，也看不见高高的橡树下有何动静，于是转身折回，对春云说道："周围倒是没人。你就留在这里，我最好先去看一眼后墙，要是四下无人，就回来接你，然后你我再找那墙上的缺口爬进去。"

马荣转过墙角，用左手一路摸着残破的砖石。这条沿墙的狭长小道上不见一人，右边是陡峭的山坡，坡上密林丛生，还散落着不少青苔遍布的大石。

马荣站在拐角处，抬头朝上张望。虽有几处砖石脱落，却未能瞧见春云所说的大缺口。在远远的另一头，除了西塔的剪影，还有一大堆砖石，正是外墙的西北角，即那口古井所在之处。若是必须的话，不妨一路走过去，然后再……

在西北角附近的暗处，闪出一条白影。马荣俯身打量，以为自己看花了眼，又朝前疾走数步，旋即僵立在地、一动不动。只见一个白衣女人伸出纤手，正朝这边频频召唤。

十七

马荣定定望着鬼魂，心中茫然无措，忽又想起昨晚鬼魂曾为自己引路，莫非此刻也是……？于是拔脚朝前奔去。

“邵大哥，我……”只听春云在身后叫道。那鬼魂突然一抬手，将双臂高高举过头顶，月光正照在两条惨白的长袖上，马荣不禁蓦地止步，不知这吓人的模样是何意思。春云闪避不及，一头撞在马荣背后。就在这时，一大片砖石从墙头轰然塌下，正落在马荣脚前。

马荣僵立在地，呆望着挡住去路的一堆碎砖石。

“出了什么事？……这是……”春云在背后喘息说道。

“正是为你我预备下的！”马荣切齿说道，“你留在这里！”说罢三步两步踩上砖石，抓住墙头的缺口边缘引身上去，跳入紫云寺后院，只来得及看见一条黑影奔入大殿后门，旋即消失了踪影。

马荣追到门前，手脚着地迅速爬入，却只是停在门口，后背紧靠右墙蹲在地上，预备要擒住对方踢来的腿脚，不料黑暗中略无动静，又小心探手摸索四周，亦是空无一物。大殿对面的远角处有一片微光，定是六折门上的槅扇。马荣再次闻到了那股恶臭气味，耳中只听见蝙蝠受惊后振翅拍打之声。那歹人定是藏在这黑暗的大殿内，一场恶斗在所难免。即使对方手持兵刃，自己也仍然不落下风，皆因以前曾在暗处与人多次交手，深知各种诀窍。马荣想到此处，不禁冷冷一笑，幸亏先前已来过一趟，又看过春云画的草图，对寺内格局可谓了如指掌。

马荣顺墙爬行，一寸一寸朝左边墙角处挪去，每动一步都极为小心，右肩贴地，全身肌肉紧绷，随时预备着跃起打斗，同时竖起两耳，仔细聆听周围的动静。

刚刚行至墙角处，马荣忽觉左手触到了一块布片，迅即朝前一扑，想要伸手抱住对方的双腿。谁知竟扑了个空，脑袋狠狠撞在墙上，虽然撞得头晕目眩，仍听见正前方传来疾走的足音，还有铁器碰在石板地上的锵锵声，可见那歹人定是提着一把长刀。马荣一动不动躺在原地，抬手四处摸索，想要弄清到底发生了何事。方才以为是布片的东西，原来只是一串沾染灰尘后变得干硬的蛛网而已。

马荣只觉脑中嗡嗡作响，心里却明白必须尽快离开这墙角才是，通往禅房的侧门想必离得不远。沿墙爬行一段之后，手指触到了粗糙的木板，这里定是用来存放祭器的神龛，果然又摸到两根粗粗的木棍，足见两杆长戟仍在原处，不过除此之外，龛内别无他物。马荣恍然大悟，原来那歹人手持的兵器，正是另一把突厥双头斧。要是在黑暗中打斗，一柄斧子不会有多大用场，但是长戟却完全不同：此物长逾十尺，矛尖可以刺穿护胸皮甲，下方的利刃可将人头劈成两半，对面的弯钩则可将骑在马上之人拖到地下，或是将逃跑的兵卒拽倒在地。自己不但深知如何使用，而且此时手中还有两杆，一杆用来打斗，另一杆用来探路并设下陷阱，实在走运得很！马荣想到此处，不禁咧嘴一笑，站起身来，轻轻悄悄取出双戟，先静立半晌，等待头疼渐渐消去，并努力辨明方位。如今自己站在大殿正门左边的最后一根石柱旁，左手边是神坛前的空地。马荣平平端起右手中的长戟，在周围的地面上横扫过去，发觉空空荡荡，又转身扫了几下，足证石柱与墙壁之间的狭窄空地也是全无一物，随后将两杆长戟又竖直握在手中，蹑手蹑脚走向大殿中央，面对正门站定。

六折门的长方轮廓清晰地映在黑暗中。那歹人自然不会站在两排石柱中间，否则背后有槅扇透进的亮光，便会暴露形迹，此时定是藏在右边一排石柱背后，就在自己的左手边。马荣暗暗冷笑，一步步朝左走去，直走到最后一根石柱前，将左手中的长戟靠在柱上，两手紧紧握住另一杆，打算将立着的那杆踢倒，使其倒在石柱后面的空地中。对手听到响动，必会闪身出来，一旦暴露在槅扇透入的亮光里，自己便可用手中这杆长戟直刺过去。

就在此时，从石柱后方传来一声轻响，马荣不由得屏住呼吸。一团黑影突然猛冲过来，用力推开马荣手中的长戟，旋即奔向槅扇门。马荣手持长戟朝前刺去，只可惜为时已晚，那人正好跑开，于是怒骂一声，抛下长戟，拔脚追了上去。黑影在门前停下，马荣只觉一件重物擦着头皮飞过，又当啷啷掉在身后的地上。那人踢开一扇门，马荣朝前一扑，想要抓住对方，两脚却被地上的一根绳子绊倒，立时脸面朝下合仆在地，蹒跚爬起后，奔出大门冲到前庭，瞧见一个黑影跑过山门，等追上去时，只依稀听见奔下石阶的脚步声，那歹人已逃之夭夭。

马荣破口大骂几句，揩去面上的血迹，发觉前额正坟起一个大包，于是转身走回殿内，重又拣起长戟，冲着槅扇大力刺戳，将六折门悉数推倒在地，这才看清绊倒自己的绳子实为一架绳梯，用结实的细丝线编成，一端还系有两只大铁钩。在最末一根石柱旁，一柄突厥双头斧掉在地上，正是由那人方才掷出。

马荣走出大殿后门，见春云仍蜷坐在缺口处，两手紧紧提着灯笼。马荣爬上墙去，在她满是泪痕的面上亲吻一下，二人重又回到墙外。

“公主，那狗娘养的家伙跑了！你有没有看见鬼魂？”

“鬼魂？没有，我什么也没看见。莫非我吓坏了不成？你怎么这副模样！我来给你擦擦脸！”

“不必了。我先送你回庵堂去，然后再四处找找那该死的女鬼。”

马荣搂着春云的肩头，二人一路走回庵堂。

“这几日里，你我还会再见！”马荣说罢，将春云推进门内，顺便瞧了一眼女住持的房舍，只见窗内一片漆黑。

马荣整整衣裤，又走到曾经遇见小方的开阔地中，将手指放在口唇间，打了个尖利的唿哨，结果只有夜猫子的叫声作为回应。马荣深知小方绝不会走远，不禁担忧地皱起眉头，点亮手中的灯笼，在树丛中细细搜寻，裤子却被带刺的灌木挂破，不禁气恼地大骂起来。

马荣好不容易穿过一丛野蔷薇，行至一小片空地中，只见前方有几棵高大的紫杉，正朝前走时，不料右脚踏入一个坑内，立时栽倒在地，脸碰在一块圆石上。

“这已是今晚摔的第三跤了！”马荣咕哝一句，从地上爬起，长叹一声拣起灯笼，摸出火镰，再次将其点亮，忽然倒吸一口凉气。方才以为生有绿苔的圆石，原来竟是一颗人头。

马荣只觉心中惊悸，举起灯笼一照，看见一张扭曲的脸面，这才放心地长吁一口气，口中念道："老天有眼！"那张人脸从未见过，显见得不是小方。他又仔细瞧瞧地上的土坑，却是刚刚挖开不久，旁边还有一小堆湿土，转而再看脚边吓人的物事，"我的天！这一定是杨茂德的人头了！凶手既然埋在这里，为何又要挖出来?"说罢举起灯笼查看紫杉树。只见有一人正躺在树下的长草间，一顶被砸坏的衙役头盔掉在身旁。

马荣哑声暗骂一句，俯身细看，地上那人正是小方，探手摸摸他的胸口，发觉仍有心跳，却已不省人事，小心地略略拨转其头颅，只见脑后有一道深深的创口，又用指尖轻轻拨开厚密的头发，摸一摸伤口四周，喃喃说道："这一下打得实在够狠，不过依我看来，倒还没有伤到骨头，头盔造得真够结实。出了这么多血，不过头破了也是无法可想。"说着从地上拣起头盔。"对了，那歹人用突厥斧子劈过来，是这头盔救了小方一命。不可再耽误工夫，我得赶紧去找那女住持，再好好翻一翻她家的药箱。"随即拔脚朝庵堂方向跑去。

马荣拣起一块砖头叩门，敲打了半日，方见窥孔开启，栅栏那边露出春云惊骇的面容，后面站着女住持。马荣弯腰从靴筒里抽出官牒，举到窥孔前，对女住持说道：

"这位师父，我名叫马荣，是县令狄老爷的亲信随从，刚在树林里发现有人受伤，需要立刻救治。"

"把门打开!"女住持对春云说道。

马荣走入庭院，对女住持讲述了一番来龙去脉。

女住持听罢点头，肃然说道："幸好贫尼这里的药品十分齐全。照顾伤病之人，也是我们佛家弟子的责任之一。侍女会带你去灶房，那里有一扇竹屏风，正好用作担架。那姑娘体格健壮，可以与你同去将伤者抬来，贫尼自会亲自照料。我这就去偏殿内收拾床铺。"

二人刚一走入灶房，春云转头瞪着马荣，两眼喷火，恨恨说道："你这个骗子!"

马荣无言以对，世事果然难料，转眼之间，自己便被关爷弃之不顾了！二人默默将竹屏风放倒，春云斜瞟了马荣一眼，忽又说道："不过你这骗子倒蛮不赖。"

"好好!"马荣咧嘴笑道，"果然大人有大量！不愧是公主!"

衙院二堂中，狄公正与洪亮一道浏览有关地方财政管理的公文。

一时马荣进来，衣服上满是泥污，还扯破了几处，前额隆起一个大包。狄公一看，不禁失声叫道："老天，究竟出了何事？洪都头，给他倒杯热茶来！”

马荣感激地喝了几口浓茶，然后讲述一番前后遭遇，最后说道：“那女住持清洗了小方头上的伤口，手法十分老练，并且自始至终极为冷静沉着，真是个了不起的女人。等我们给伤口敷上药膏，又给他喉咙里灌下一服药后，小方苏醒过来，道是在空地里发觉有新近翻动过的痕迹，刚刚发现杨茂德的人头，就被人从背后打倒。女住持给他服了一剂镇静药，我们离开时，他已安然睡去。女住持还说如果这一夜不发高烧的话，他就会平安无事。”说罢喝完第七杯茶水，接着又道：“我还没对班头说起另一名衙役遇害身亡的事。该如何将这坏消息告诉他们？”

“你去叫班头将所有手下召集在三班房内，就说传我的命令，杀人凶手必会得到严惩，为了他们自己着想，暂且对此事严守秘密，然后命班头拿一副担架，去紫云寺内将死者抬回，还有杨茂德的人头也一并带来。”

马荣领命退下后，狄公缓捋长髯，默然半晌，对洪亮说道：“我们痛失一名好衙役，还有一个身受重伤。虽说得到了两条重要线索，却是损失不小。”

狄公两肘据案，定定注视着面前的公文，却是视而不见，只顾默默深思，忽然抬头说道：“凶手为何突然变得如此急不可耐？过去的数月之中，他一直在寺内耐心搜寻。然而就在这短短两天里，他不但夺去二人性命，还两次企图谋害马荣，杀死一个衙役，又打伤了另一个！为何突然如此急迫?”

洪亮摇一摇头，瘦削的面颊上露出忧色:“老爷，出于某种原因，那人决心要铤而走险。谋害官吏可是非同小可，人人皆知朝廷绝不会善罢甘休，定要寻出元凶，再依法处以极刑。正是因此，众衙役才会只带着大棒外出当差。如今有人胆敢对奉命行事的衙役下手，只怕所有衙员都不安全。”

“洪亮，你说得不错，我也想到了这一层，正是因此，才让马荣传令下去，命众衙役守口如瓶。”狄公说罢，又默默思忖起来。

一时马荣转回，狄公振作精神，直直坐起，肃然说道:“黄金定是藏在某一高处，不然那凶手不会带着一架绳梯前去。其次，我们如今得知至少有三伙人在寻金，即策划盗金的杀人凶手，半路插脚进来的杨茂德与曾三，还有曾三许诺要与之分赃的丐王。我刚刚对洪都头说过，有一事令我颇费思量，即杀人者忽然变得急不可耐。我想或可解释为另有一人加入进来，并且此人与盗金毫无关联，不过这一想法仅仅出于直感。最后就是鬼魂现形一事。我一向以为那是愚昧乡民们凭空想象出的东西，就连马荣也不能肯定昨天到底看见了没有，但是今晚确实看得一清二楚，那女鬼竟然还出手相救，使马荣逃过一劫。从此以后，我们便不得不认真考虑此事。马荣，不知你怎么看？”

马荣郁郁摇头，“回老爷，不管她是人是鬼，必与那凶手互相勾结。昨天她指出那条林中密径，我还傻呵呵地以为她是要帮我，其实并非如此。她是为了引诱我去花园一角，而凶手就等在外墙的缺口后面。他们看见我钻入井中，便心想投石落井最为妥当，省得事后还得处理尸首。今天晚上，那该死的女鬼又示意我朝前走，引得我只盯着她看，竟未注意到凶手将墙上砖石弄得松动。等我刚好走到地方时，她便举起双臂，示意同伙动手，不过却犯下一个大错。她那副模样吓了我一跳，不由停住脚步，这才拣回一条命来——真是只差一点就见了阎王爷哩！”

狄公听罢点头，看过笔录，又问道：“你就不能再仔细说说，那鬼魂究竟是何模样？”

“回老爷，我两次遇见她，都只是瞥了一眼而已，并且都离得老远，月光下又不甚分明。她穿着一件薄纱长袍，用一块同样材料的纱巾裹在头上，还蒙住脸面。不过身量很高，这一点倒是确凿无疑。”

“你能肯定那真是一个女人？”

马荣捻着短短的髭须，迟疑说道：“人人都说是个白衣女鬼……并且那件长袍……不过也说不定，因为男人也可穿上女人的长袍。……当然还要看身形，腰臀丰满，肩膀窄细，我有没看见过她的胸脯？有的……或许……”说着郁郁摇头：“老爷，实在对不住，我真是说不准！”

“不必担心，马荣！要紧的是我们已知那其实是个有血有肉的大活人。明日一早，你先去庵堂走一趟，看看小方的情形如何，早饭后再来此处回禀。我们必须有所行动，并且要尽快着手。那歹人已是孤注一掷，任何时候都可能再次行凶。洪亮，你去打开窗户！夜里竟会如此气闷，怕是要下一场暴雨，每年这个时候，常会有大雨倾盆。我再略坐一刻，看能不能理出个头绪来。你们回房休息去吧！”

十八

天亮前一二个时辰左右，一场瓢泼大雨从天而降，兰坊城内暑气尽消。狄公清早起来，与三夫人在花园中散步。池塘里弥漫着清凉的薄雾，仿佛一夜之间，池中开满了粉白二色的荷花。

狄公命人将早膳送到水榭中，与三夫人一道默默用饭，四周空气清新，景致幽美，令人心神为之一爽。过后二人立在朱漆栏杆旁，将剩下的饭粒抛入水中，只见一群金鱼从硕大的莲叶下迅速游来。

三夫人说道："老爷昨天很晚才回来，睡得也颇不安稳，整整一夜翻来覆去，莫非是听到了什么坏消息?"

"正是。衙里有一名差役殉职，身后留下一个寡妇与两个子女，还有一名差役受了重伤。不过我确信这桩疑案即将了结，只差最后一点线索，但愿今日便能真相大白。"

三夫人陪着狄公直走到花园门口。

狄公走入二堂，见洪亮马荣正等在里面。二人请安问好后，马荣说道："老爷，我刚从庵堂回来，小方一夜无事，女住持说过上十天左右便可望痊愈，还说可以留他一直住在那里养伤。"

"真是个大好消息！"狄公说着，在书案后坐下，"小方住在庵堂里倒是更为妥当。昨天晚上，我又从头细细琢磨了此案的所有枝节，决意今日先去紫云寺再查看一回，然后将丐王父女召来详问一番。"

马荣在座中左右挪动几下，清清喉咙："实话对老爷说，据我看来，丐王的手下偷窃财物之前，有时会先派春云去打探消息。"

"我看到春云所绘的紫云寺草图时，心中亦有此念。"狄公淡淡说罢，拉开抽斗，取出那张纸来，放在书案上抚弄平整，又道，"须得说对于了解寺内格局，倒是很有用处。"

马荣起身上前，弯腰伏在案头，急急说道："有了此图，我就可以对老爷仔细说说昨晚的遭遇。老爷请看，我从这边的缺口处跳入寺院，又从这扇门溜进了大殿，接着……"随后细述一番如何在暗中与歹人相搏，狄公却听得心不在焉，手捋颊须，两眼直盯着草图出神。

"后来我被那该死的绳梯绊住了脚，就在这里，于是——"

狄公忽然猛拍桌案，震得茶杯叮当作响，“我的天！原来如此！以前为何没看出来？当日去紫云寺时，我对其中的格局颇有留意，不过却没发觉竟是如此相似！”

“什么……”洪亮开口说道。

狄公将座椅朝后一推，起身说道：“等等！我还得仔细推想一下。多谢春云姑娘画的这张图，让我找到了最后一条线索！不过还得想想要如何解释才算合情合理……不错，此案虽然扑朔迷离，但是终于有了一个明确的脉络可以贯穿始终。只是……”说罢烦躁地摇摇头，反剪两手，在地上来回踱步。

马荣微微一笑，心中甚喜，想起今早去庵堂时，还趁机与春云说了几句私房话，这姑娘看去对自己并无厌憎之意，有望继续相好下去。既然她为老爷提供了一条重要线索，或可抵消之前犯下的小小过错。洪亮也面露欣悦，只因跟随狄公多年，从旁察言观色便可知结案在即。

这时廊上传来沉重的脚步声，有人穿着皮靴急急奔来。只见班头闯入，喘息说道：“启禀老爷，城西北的里长刚刚跑来报信，那边出了大乱子！突厥人想要用石头砸死那女巫，里长的手下前去拦阻，却被暴民用大棒和砖头赶走……”

马荣询问似的看了狄公一眼，见狄公点头，立时一跃而起，从班头腰间抽出长鞭，拔脚跑出门去。

衙院马厩中，二人正在刷洗一匹骏马。马荣等不及备好鞍鞯，跳上坐骑直奔正门。

马荣行至街中，纵马疾驰起来。路人听见马蹄声，又眼见一骑奔至近前，连忙闪避两旁让出道来。西北一带的街巷看去冷冷清清，令人骇异。前方是一片低矮的房舍，只见一股黑烟正在屋顶上方翻滚升腾，伴随着纷乱嘈杂的叫嚷声。

塔拉所住的街中，一大群各色胡人挡住了马荣的去路。几十个突厥人正互相推搡，口中叫喊咒骂不休。三个天竺人正将火把扔向塔拉住处的屋顶，几个浪荡女人站在对面门廊上大声喝彩。马荣挥动长鞭，抽在旁边几个突厥人光裸汗湿的背脊上，随即驱马冲入人群。众人怒叫起来，转头一看，见来者一身官差打扮，立时噤口不言，默默朝后退去。

一个女子躺在门旁的泥墙边。马荣跳下地来，疾步上前。只见塔拉努力护住头脸，雪白的臂膀伤痕累累，长袍已被撕成一绺一绺，浸透了鲜血，周围的地上满是碎砖石。马荣刚在她身旁跪下，便有一块砖石擦着头皮飞过，砸在墙上砰然有声，转头看去时，只见一个半裸的突厥人正弯腰拣起另一块砖头。马荣从地上一跃而起，动作疾如闪电，直跳到那人身上，左手揪住对方长长的发辫，右手挥起鞭柄，冲其后颈处猛击过去，那人立时浑身一软，瘫倒下去。马荣将他抛在地上，对众人喝道："还不快去打水救火。你们想让自家房子全烧掉吗?"

塔拉垂下双臂，露出脸来，额头处有一道深深的创口，左颊已是血肉模糊。

"我扶你上马，再带你去……"马荣开口说道。

塔拉用一只充血的眼睛定定注视着马荣，低声说道："等我死后……将尸体焚化。"

突听一声巨响，众人跟着一齐惊呼。只见塔拉房舍的屋顶轰然倒塌，露出了神佛的硕大头像，四周烈焰熊熊，那一张赤脸看去愈发狰狞可怖。

几根燃烧的横梁从房上落下。马荣见此情形，抱起塔拉离开墙边，却见她流血的口唇翕动几下："把我的骨灰撒掉……"语声低弱几不可闻，浑身一阵颤抖，随即瘫软下去。

马荣将塔拉的尸身放在马上。适才被打晕的那个突厥人已被其亲友抬走，其余看众跪在地上，面向塔拉的住处，个个惊恐万状。神像的头脸已然起火，似是面带冷笑俯视着地上众人。

"你们这些傻瓜，还不赶紧起来救火!"马荣大声叫道，随即跳上马背，一路驰回县衙。

狄公静静听完马荣的禀报，看了两名亲随一眼，肃然说道："塔拉自从信奉邪教后，便成为一个疯狂的女人。我一向主张不要介入胡人的教派争斗中去，因此也不会设法惩办那些住户。塔拉既然说过死后愿被焚化，我们理应立即照办。"

就在这时，有人敲响了衙院门口的铜锣。狄公一愣，竟至想起了寺院里的钟声。当超度逝者升天的法事结束后，便会敲响大钟，那钟声将引导亡灵进入阴界。

"早衙即将开堂。马荣，你最好先回房休息一下，午后我们还要去搜查紫云寺。洪都头，你随我一起上堂。由于高罗两家争产案将要重审，恐怕会费时颇久，如今罗家想要拿出新证据。退堂之前，我会下令将阿刘开释。洪亮，你去把我的官服取来。"

马荣先命人将塔拉的尸身送去焚化，然后径入三班房，脱去所有衣物，蹲在墙角的石板地上，让两名衙役提来几桶冷水，冲自己兜头浇下，然后回到所住的小阁楼中，赤条条躺在硬板床上。昨晚在紫云寺内恶斗一场，回来后睡了不过一二个时辰，今早天光未亮便又去庵堂，此时只觉筋疲力尽，然而一合上两眼，眼前便会浮现出塔拉血肉模糊的脸面，旋即又看见她一丝不挂立在一堆骷髅头上……马荣不禁喃喃咒骂几声，翻来覆去辗转半日，终于沉沉睡去。

马荣一觉醒来，只觉得头痛欲裂，看看外面的天色，已是午后多时，连忙起身穿好衣裤，匆匆下楼，正在三班房中埋头大吃冷面条时，有衙役禀报说主簿刚从同康县回来，正要去见老爷。马荣一听，连忙撂下饭碗，朝公廨方向急急奔去。

狄公坐在书案后方，洪亮站在一旁。老主簿端坐在对面的椅中，看去仍是衣履整洁、仪态庄重。马荣坐下后，看见书案上齐整地排列着许多小纸条，不禁十分惊异。纸上的字迹十分眼熟，正是狄公所书，最上方摆着七张大纸片，平时常夹在公文里用作标签。马荣正想为迟来而告罪，却见狄公一扬手，“马荣，你到的正是时候，且听听同康那边的消息。”随即对主簿说道，“接着讲下去！”

“回老爷，军营护卫队的头领十分好心，让我与他们同行了一大段路，因此回来时走得又快又舒服！最后一小段路途中，我与几个茶商骑马结伴而行，整整走了一夜。天上下起暴雨时，我等正在第二道山梁上，所幸找到了一个砍柴人的小窝棚得以暂避。过后——”

“你这一路着实辛苦不易，”狄公插言道，“只说你在同康有何见闻，稍事休息过后，再写个详细的呈文给我不迟。”

“多谢老爷。首先得说同康县衙里的一应衙员十分和气，还安排我住了驿馆内的上等客房。”

“我自会修书一封给同康县令，以表谢意。关于朝廷司库在那里逗留的前后情形，你听到些什么消息？”

“回老爷，当日有一名衙吏奉命侍候司库老爷，我被引见与他相识。听他道是此务颇不繁难，因为司库老爷长途跋涉之后很是疲累，连县令邀请赴宴也婉言谢绝。他将晚饭送到卧房中时，司库命他找个皮匠来，只因有一口皮箱裂了一道缝。等那皮匠走后，司库老爷便上床休息，再未接待过其他访客，次日黎明便启程上路了。”

这时洪亮将一杯热茶推到主簿面前。主簿拱手谢过，呷了几口茶水，接着叙道：“县衙班头替我找来了那名皮匠，此人姓刘，上了几岁年纪，说起话来喋喋不休。他原是一名金匠，后来眼睛坏了，才又改作皮匠。对于当日的前后情形，他记得十分清楚，因为数日之后便听说黄金被盗——”

“不错，不错，自是如此。见面时都发生了何事？”

“回老爷，司库老爷带老刘走入卧房，给他看那口开裂的皮箱。老刘查看过后，道是皮子的质量上好，因此不必担心会彻底裂开。司库老爷听罢，显然松了一口气，给了老刘一笔丰厚的赏钱。老刘见这朝廷命官说话居然如此和气，胆子也大了起来，称赞司库老爷身上佩戴的金饰做工精细，还说自己原本是个金匠。司库老爷说既然如此，另有一桩活计可以给他做做，于是从袖中摸出一把钥匙，打开那有裂缝的皮箱上的挂锁。司库老爷当时背对老刘站着，不过桌上的冠镜里映出箱内装满金锭，正好被老刘看在眼里。司库老爷合上箱盖，转过身时，手中拿着一条大金锭，对老刘道是这金锭过长，不得不放在衣物上面，可能正是因此而使得皮箱开裂，问老刘能不能锯成两段，但不可有一星半点金屑掉下。老刘正好带着合用的锯子，做完活计后便立时离去。到此为止，再无他话！”

狄公听到此处，朝两名亲随投去意味深长的一瞥，又对主簿问道：“老刘将此事告诉过谁？”

“回老爷，总有几十号人哩！可巧就在当天晚上，当地的金银匠在行会里例行碰头，老刘便对众人说起此事。如此一大笔黄金经过此地，百姓们也是难得一闻，于是纷纷猜测司库携金过境到底会去做甚。”

“这一趟差办得甚好！你休息过后，不妨看看昨日和今日的堂审记录。高罗两家一案即将重审，想必你已听说了此事。”

“回老爷，我确实很想看看！”主簿急切说道，“我曾疑心两造都在耍花样，尤其是那高家！排行第三的表弟再婚一事，似乎很有些微妙难解之处，并且——”

“两卷公文全在这里，”狄公连忙说道，“明日我再审理此案。”

主簿喜孜孜抱起两卷公文，告退离去。

“那司库犯了一个大错，”洪亮说道，“他本该先命老刘离开卧房，然后再从箱内取出金锭来。”

“一点不错。”马荣插话说道，“不过对我们并没多少用处。如今哪能查得出究竟是谁将消息传到了兰坊？可能有个朋友在此，或是——”

“这倒无关紧要，马荣，”狄公说道，“要紧的是如今我们知道了这一秘密是如何泄漏出去的。此事不但在司库抵达兰坊之前就已传来，而且恰是在金匠银匠中传开的。我就想知道这些。”

“老爷，我们此时去不去紫云寺？”马荣问道，“那里虽有六名守卫，但是一想起有一大笔金子藏在里头，我总觉得心里不甚踏实！”

“我们暂且不去。主簿进门之前，我正跟洪都头议论此案，如今我已有了一个从头至尾的推想，必须再仔细查对一遍已知的全部事实，尤其是细细推究日期。马荣，日期是此案中至关重要的一部分，因此才会有你看见的这些纸片。我将最终的推断全都写在这七张纸片上，不但各有一个人名，还有一些重要事件。这些纸片已没甚用处了。”

狄公拉开抽斗，用衣袖一拂，将纸片悉数扫入抽斗内：“如今我们一同来细看这七张纸片。主簿进门时，我将它们全都正面朝下扣在桌上，只因那老主簿眼力甚好！每张纸片上，各写有一个疑犯的名字。”

十九

狄公坐直起来，交叠双臂，接着说道："在我看来，这七人便是疑犯，或是单独作案，或是二人合伙。在我解释其中缘故之前，先得说明一事：我们所遇到的，其实只有一桩案子。就在前天——似乎已是很久以前了！——我们还以为共有三案，两桩发生在将近一年前，即司库携金被盗，一个名叫玉的女子留下密信，最后一桩发生在前天晚上，即曾三在紫云寺内被杀。后来的案情发展表明盗金与杀人彼此相关，就在今早，我看了春云所绘的草图，确信吴家小姐失踪与这两案亦有关联。诸位，虽然只有一案，却生出许多枝节来！开端便是黄金被盗，正是围绕这五十锭黄金，渐次生出了一长串极为复杂离奇的纠葛与纷争。洪亮，再给我倒杯茶来！"

狄公迅速喝完茶水，从抽斗中翻出一张字纸："我方才说过，日期在此案中至关重要。我已统统写在这里，你们看！"

洪亮马荣将各自座椅挪至书案前，定睛细看狄公写下的几行字迹：

十五年前（乙卯年）：

官府查封紫云寺，修建庵堂，任命由弃绝密教的男女法师主管。

去年（己巳年）：

五月十五，吴宗仁娶妻。

八月初二，司库携金被盗。

八月二十，寡妇张氏出家，成为庵堂住持。

九月初六，明奥失踪。

九月初十，吴小姐失踪。

九月十二，吴小姐写下密信。

马荣抬头说道："老爷，明奥是谁？"

"就在前天，洪都头提到过几个记录在案的失踪者，莫非你不记得了？其中有个金工匠人，名叫明奥，其兄前来报官，道是明奥于九月初六晚上出门，再也没有回来。后来李迈说过吴夫人曾与一名金工匠人姘居，大约一年前被那人抛弃。今日午后，我让洪都头去找明奥的兄长小心打探，从他口中得知吴夫人果然曾与明奥姘居过一阵。明奥是个能干的锁匠，也精通金工手艺，不过人品下劣——正如李迈提起吴夫人以前的相好时说得一模一样。

这些日期与人名都至关重要，你们且记在心里!”

狄公倾身朝前，翻开头一张纸片。

“在这一张上，我写的是吴宗仁。此人曾任刺史，一向为官清正，但是后来丧尽家财，又娶了一个品行不端的女人，因此性情渐变。看，这第二张上便写着吴夫人，我将他们夫妻放在一起。要说这二人极有可能听到从同康传来的消息，想必你们也会赞同。吴宗仁常去李迈的店铺，吴夫人以前的相好也是个金工匠人。他们得知司库即将携金途经兰坊，便认定此乃千载难逢的良机。于是吴夫人去找旧日相好明奥，由他下手盗出黄金，再用铅锭偷梁换柱，这最后一招可能是吴宗仁的主意。明奥将黄金藏在紫云寺内，不过后来却生出了事端。明奥拒不说出究竟将黄金藏在何处，是因为情妇另嫁他人而心中恼恨，或是仅仅因为想要一人独吞，其中原因若何，我们只能猜测一二。不过有一事却十分确凿：那吴宗仁夫妇并不肯善罢甘休，对明奥一力催逼，甚至可能设法折磨。四天之后，明奥死去，尸身也从此失踪不见，过后这夫妇二人便开始在紫云寺内到处搜寻，搜了数月之久，仍是一无所获。孰料一波未平，一波又起，杨茂德从吴夫人那里探得这一秘密——从各种情形看来，这二人定是结有私情——或是暗中监视吴宗仁时发现了此事，便雇佣曾三去敲诈吴家，于是吴宗仁夫妇将杨曾二人引到紫云寺内，并动手杀人。”

“如果实情当真如此，”马荣叫道，“那可恶的女鬼定是吴夫人了！不过吴小姐又遭遇何事？”

“据我想来，吴小姐发现了父亲与继母杀死明奥一事，于是也被立即灭口。继母对她十分厌憎，父亲对她则怜爱逾常，并因为这份微妙难言的心意而饱受折磨，女儿一旦离开人世，也算是从此得以解脱。这夫妻二人昨天的举动恰好可以证实这一说法。他们看到官府发出的告示后，不免惊惧万分，莫非是我发现了他们谋害女儿的线索？或是预备要召他二人去盘问一番？于是他们决定以攻为守，吴宗仁来找我，吴夫人去找三夫人，拼命想要打听出我到底有何发现，并企图混淆视听。

“不过，这一说法中有个漏洞，且又十分重要。马荣，吴宗仁可能对你投石落井，也可能推倒寺庙后墙上松动的砖石，但我想象不出如他这般老迈之人，如何能勒死杨茂德又刺死曾三，如何挪移曾三的尸身，又如何能引诱你到黑暗的大殿里去。洪都头，你对此有何评议？”

狄公见洪亮摇头，便接着说道：“再看这第三张，钱庄掌柜李迈。此人自然最有可能听到从同康传来的消息。我们知道吴夫人在嫁给吴宗仁之前，并非守身如玉，她很可能与李迈有染，明奥或许知道此事，或许被蒙在鼓里。

借纸片狄公析案情

当吴宗仁看中她时，李迈一力促成这桩婚事：将自己的相好转手塞给自己的知交，真是再方便不过了！后来吴宗仁想将女儿许配给李迈，如此一来，更是锦上添花！李迈既得到一个年轻美貌的娇妻，同时又有了更为便利的机会可与旧情人继续来往。盗金一事由李迈与吴夫人策划，由明奥下手，但是后来出了两桩意外，正如我方才所言，明奥拒绝吐露藏金地点，被二人合力杀死；吴小姐或是知道了杀人一事，或是发现继母与人私通，于是也被除掉。吴夫人一向厌憎吴小姐，比起娇妻来，李迈也更愿得到一笔横财。至于紫云寺里的二人被杀，李迈身高力壮，又喜好打猎，足可成事，即使与马荣在黑暗中对打，也不失为一个劲敌！洪都头，你有什么异议不成?”

洪亮方才一脸疑色，此时开口说道：“李迈若是与吴夫人勾结，为何又要企图诋毁她？并且还特意跑来揭出她那些不甚光彩的旧事。”

“或是故意造作的掩人耳目之法，专为迷惑我们。李迈深知我们并无一丝一毫不利于吴夫人的证据。吴夫人去内宅对三夫人说的那一番话，定是李迈事先教给她的。且罢，这两男一女姑且说到此处，再看第四人，又是一个女子，我将这张放在李迈旁边。”

洪亮倾身朝前，看罢后不禁倒吸一口凉气，出声叫道：“女住持！”

“不错，正是女住持。你们可还记得她死去的丈夫正是一名金匠，与李迈是同业中人，因此她也可能认得李迈。如果这一对男女暗中结有私情，又将如何？从官府记录中可知，己巳年一月，姓张的金匠因心病猝发而亡，莫非是因为窥破这段奸情，于是被那二人送上了西天？此人究竟如何丧命，还有待仔细查证。无论如何，值得注意的是，寡妇张氏成为庵堂住持，正好与黄金被盗发生在同一个月内——有人若想去紫云寺从容搜金，那庵堂真是绝佳的落脚之处！再说最后一点，我曾在寿筵上亲口对她讲过马荣预备去紫云寺，因此她提前知道此事。用过最后一道菜后，她推说有些头疼，早早便告辞离去。”

“如此说来，她赶回紫云寺后院，再引诱我去那口枯井边，倒也容易得很。”马荣愤愤说道，“就在昨晚，她帮着同伙设下奸计，推倒砖石想要取我性命，过后也有足够的时间转回庵堂去，当时我正与李迈在大殿里摸黑周旋哩。不过吴小姐又是怎么回事？”

“同样如前所述：他二人杀死明奥时，不巧被吴小姐撞见。”

“那可怜的姑娘丧命在她手里，不定她还十分受用哩。”马荣咬牙说道，“春云说过那恶婆娘生性狠毒，专爱拿藤条抽她！不过吴小姐到底是怎么死的？”

“正如塔拉所说，吴小姐折断了脖颈，”狄公缓缓说道，“就在九月初十，即失踪的当天。不过根据木盒里的密信，她死于十二日左右。”

“密信上的日期正好合榫。”洪亮说道，“从初十到十二，吴小姐不但被人囚禁，且又没吃没喝！”

狄公拿起第五张纸片。

“在这一张上，我写的是画师李恪。你们看，我将他放在吴夫人与女住持之间。司库携金的消息传到兰坊时，李恪仍住在其兄李迈家中，因此他很可能与李迈一样听说了此事。出于同样的原因，他也可能认识明奥与后来的吴夫人。”

狄公将李恪这张推到吴夫人那张旁边，面上微微一笑：“须得说这一对男女甚合吾意，令我十分称心！一个是耽于肉欲的女人，却嫁给了老迈的丈夫，另一个是放荡不羁的画师，一心追逐情爱。二人已近中年，欲火一旦点燃，会比青年男女来得更为炽烈。”

“前天晚上，我在东门附近遇见了李恪，还亲口说过我要去紫云寺，因此他也知道此事。”马荣低声说道，

“并且那个木盒也曾是他的东西！李恪喜好爬山，端的是身强力壮！难怪我在大殿中没能逮住他！”

狄公点点头，又将李恪这张挪到女住持那张一侧：“这二人无疑要稍逊一筹。不过我们须得记住李恪擅长绘制淫邪的佛画，以前定是仔细研究过紫云寺内曾有的画像，他二人可能就在那里结识。女住持尚未守寡之前，便已虔心信佛。好，再看这第六张，上面写着杨茂德。”

“这人明明已经死了！”洪亮叫道。

“借用塔拉说过的一句话，我们不应忽略死者。我将这张放在李恪上面，然后再将吴夫人放在旁边。你们看，比起吴夫人与李恪来，这一对更为合情合理！一个耽于肉欲却得不到满足的女人，与一个年轻放浪的书生，况且二人还住在同一所宅院内！吴夫人对杨茂德透露藏金一事，并指使他前去出力搜寻。我们见过杨茂德的尸体，看去身材魁梧，干掉明奥与吴小姐都不在话下。”

“但是后来杨茂德与曾三也被人杀死了！”洪亮反驳道。

“一点不错！正是因此，我才将这张放在李恪之上。黄金被盗之后的几个月中，情势起了变化。吴夫人移情别恋，转而爱上李恪，对杨茂德明白道出已经厌倦了他，掘金一事从此与他无关。但是杨茂德不肯就此罢休，径直去找李恪摊牌，道是虽不在意被一个下流女人甩掉，不过仍想得到属于自己的一半金子。为了盯紧这一对男女，杨茂德逼迫李恪雇佣自己作帮手，否则便要对吴宗仁告发这桩奸情。不过杨茂德后来看出李恪不可小觑，便决意自行寻金，于是雇了曾三这个无赖，帮他在紫云寺内到处搜寻，过后二人在寺内被李恪与吴夫人杀死。”

狄公拿起六张纸片，朝后靠坐在椅背上，一边收拢，一边说道：“这些男女人等，自然还可能以其他方式彼此勾结，不过在我看来，最要紧的便是这几种可能，眼下须得斟酌考虑。”

“桌上还剩下一张，老爷。”洪亮说道。

狄公坐直起来：“不错，还有第七张！”说罢翻转过来，却是一片漆黑。

狄公拿起纸片，缓缓说道：“我曾经试图写过，或许是个幽灵的名字，佛寺幽灵，后来又将其抹去。这一张代表着死亡。”

狄公将涂成墨黑的纸片与其他几张收拢在一处，抛入拉开的抽斗中，交叠双臂，接着说道：“事到如今，依照常情，我们理应花时间开始四处打探，细细追查所有疑犯的家世背景，去找那些家仆和小店主们打听，查明罪案发生时他们各在何处，并与何人在一起。即使乔泰陶干也一同出去打探消息，就算不至于用掉数月工夫，总也得花去十天半月不可。如今幸运的是我们可以走一条捷径。”说罢将春云所绘的草图挪到面前，用食指轻敲几下，“幸亏有了这张图，今晚我们便可一举结案。两刻钟前，我派一名衙吏送出去两封书信，一封给吴宗仁夫妇，另一封给李迈，请他们在一个时辰之内前去紫云寺，届时我将会宣告吴小姐的下落。”

“那李恪与女住持又怎么办，老爷？”马荣问道。

“我正想前去庵堂，看看小方的情形如何，顺便亲自请出女住持来。马荣，你这就去李恪家，只说受我之命带他前去紫云寺，我想要给他看些不为人知之物，再听听他有何评议。你们从后面的小路上山，千万不可让他知道我还请了其他几人同去。你们先在寺院后面等候，我想要叫他进来时，自会让你知晓，然后你就领他从那扇小门走入大殿。”狄公眼见马荣起身离座，连忙又道，“马荣，切记时刻盯紧了他！此人可是一名杀人嫌犯！”

“我自会牢牢盯住他的！”马荣冷冷说罢，出门而去。狄公也站起身来，“洪亮，你这就随我出门！我必须赶在客人前面先到紫云寺，在考查疑犯之前，务必先验证一下自己的推断是否正确！”

二十

东门守卒见官家仪仗一路走来，不禁目瞪口呆。两名衙役骑马在先，各敲一面小铜锣，口中叫道："让开！让开！县令老爷来了！"后面跟着二人，各自手举一根长杆，杆头挂着一盏油纸大灯笼，上书"兰坊县衙"四个红字。其后是十名轿夫，一式官府差役打扮，抬着狄公乘坐的大轿，衙役班头骑马跟在轿旁，另有十二名守卫骑马走在最后。

城门外的大路两旁摆着许多货摊，一众苦力乞丐原本坐在那边，看见官驾出巡，纷纷起身追随。班头大声呵斥，命他们留在原地。狄公掀起轿窗上的挂帘，朝外打量一下，对班头说道："他们若是想来，只管随其自便！"

官轿行至石阶前，狄公与洪亮出了轿门。狄公深知上山的路途十分陡峭，因此未披官服，只穿了一件镶黑边的灰布薄袍，腰系黑绦，头戴一顶高高的黑纱方帽。

紫云寺的前庭内，两名衙役将挂有灯笼的长杆插在山门左右两旁的地上。狄公命众人在此等候，只带着洪亮、班头与一名年长衙役走入大殿，那衙役手提着两盏灯笼、一架绳梯与一卷细绳。

过了许久，狄公方才走出大殿，重又返回前庭，在灯光的照耀下，面色看去苍白疲累。他先命班头等着迎接客人，让众宾且在前庭内等候，又命众衙役在大殿内布置火把、清扫地面，吩咐完毕后，与洪亮顺着小路径去庵堂。

女住持亲自出来开门，狄公殷勤谢过她照料受伤的衙役，道是想要前去探望。女住持引着二人走到一座小小的偏殿中，只见小方正躺在竹床上，墙角处摆着火盆，上面吊着一只药罐，春云正蹲在旁边扇火。狄公称赞小方发现了埋在地里的人头，并祝他早日康复。

“老爷，小人在这里被照顾得很好，”小方感激说道，“师父包扎了伤口，每过一个时辰，春云姑娘便会送一服退烧药来。”说罢深情地瞥了春云一眼，春云面上泛起两朵红晕。二人这般情形，皆被洪亮看在眼里。

狄公回到前庭，对女住持说道：“本县今晚邀了几人前往紫云寺，只为议论一番最近出的人命案，也想请师父同去。说起来这片地方本属寺院所有，全归师父一手经管！”

女住持并未答言，微微颔首以示应允，裹紧头上的兜帽，跟随狄公与洪亮出门而去。

吴宗仁反剪两手，正在庭院内来回踱步，身穿一件镶黑边的墨绿长袍，头戴一顶黑高帽，看去颇有官家威仪。吴夫人穿一件深色衣裙，头蒙黑纱，坐在一块大石上，李迈立于一旁。

狄公将吴宗仁与李迈郑重介绍给女住持，结果得知吴夫人曾去庵堂多次焚香拜佛，因此与女住持已然相识。众人立在前庭内，彼此寒暄见礼，两盏灯笼发出柔和的光亮，照在灰色砖墙上，减去许多荒凉可畏之感。若非一众衙役守卫立在山门处，看去倒像是寺院中正举行一场纳凉聚会。

“各位收到临时邀约后，能迅速齐集此处，本县十分感激。”狄公对众人说道，“如今且随本县到大殿里去，再听我细述其中缘故。”说罢穿过庭院。

六折门一齐打开，众人走入大殿，只见殿内一片通明，众衙役已点起许多火把，并插在专门为此凿出的墙洞中。狄公朝后方的香案走去，心想当年墙上贴有色彩艳丽的佛画，香案上摆满各种法器，看去定是颇为壮观。狄公背靠香案站定，示意吴宗仁夫妇站在自己对面，又命女住持与李迈分立于二人左右。与此同时，班头已走到香案左侧，年长衙役走到香案右侧。众人定定立在各自地方，洪亮与六名守卫则停在后方的石柱旁。

狄公目光沉郁，手捋长髯环视面前四人，对吴宗仁庄容说道："本县不得不憾然告知你，令嫒已经不在人世，当日她正是死于这大殿之中。"说罢疾步朝左走去，并对班头喝道："挪动香案！"

班头用两手抓住香案左端，衙役抓住右端。狄公目光锐利地打量着四人，只见吴宗仁夫妇彼此疑惑地对视一眼，李迈扬起双眉瞪视狄公，女住持则直直僵立在地，紧盯着班头与衙役的动作，一双大眼看去十分空洞。那二人将香案搬得稍稍倾斜，随即扶住不动。

殿内一时静默，人人都颇觉不安。只听狄公对班头命道："行了！"

二人将香案放回地面后，狄公又走到原位，对吴宗仁说道："吴先生，令嫒被你那书记杨茂德引诱动情，你无须因此而责怪她。她在最需要母亲的年纪里不幸失恃，又读过太多诗文，心中不免绮念丛生。对于杨茂德这样浪荡成性的后生来说，想要引她上钩，实在易如反掌。且在你心中留下一隅纪念她吧。就在出事当晚，令嫒与你争执后便跑出家门，不过不是去寻姨母，而是一路来到这紫云寺。她知道杨茂德时常到此处来，想要告诉他你不同意这门婚事，并与他商量该何去何从。不过那天晚上，杨茂德

佛寺内县令召众人

并不在此处，她看见了另一个男子。此人是个杀人凶手，正在查验自己所犯罪行的结果。

“大约一年前，即己巳年八月初二，朝廷司库携带了五十锭黄金路过兰坊，结果黄金被盗。策划此案的正是这名男子。为了入室盗金，他雇佣了一个精通金工手艺的锁匠，此人叫做明奥。”

有人压低嗓子惊叫一声。只见吴夫人迅速抬手捂住嘴巴。吴宗仁惊讶地看她一眼，正欲询问是何缘故，却被狄公扬手止住。

“吴先生想必知道，尊夫人在嫁入吴家之前，曾经度日艰难，就在那时与明奥相识。明奥的兄长曾来县衙报官，说他于九月初六失踪，此日离黄金被盗过去了一月有余，且在令嫒失踪的四天之前。主犯命明奥将黄金藏在这紫云寺内，明奥本是个能干的锁匠，对于墙中的秘密银柜或暗箱之类全都了如指掌，因此确实妥善藏起了黄金，但他自认理应分赃更多，于是拒绝说出藏金之处。据本县猜测，那主犯先是许给他好处，企图从明奥口中套出话来，后来见此计不灵，便又加以威胁，并且——”

“老夫对这些并不关心，”吴宗仁不耐烦地插言道，“只想知道究竟是谁杀害了我的女儿，又是如何下手的。”

狄公转向李迈：“杀人凶手便是令弟，画师李恪。”

李迈立时面色煞白，嗫嚅说道：“我……我的兄弟？小民知道他品行不端……不过，天呐，要说杀人……”

“令弟以前定是常常来这紫云寺，专为研习寺内的佛画，又不知从何处得知这香案下面有一个深窖。人人皆知几乎每座大寺中都有类似的秘密地窖，遇到兵荒马乱时，既可保存值钱的器物，也可作为僧众的藏身之所。李恪定是骗着明奥下到地窖内，然后道是如果他不肯说出藏金之处，就会活活饿死在里面。此事发生在九月初六，正是明奥失踪的那晚。四天之后，李恪方才打开地窖。明奥被扔在下面日子太久，已然死去——不过仍未吐露秘密。令嫒进门时，正好看见李恪站在打开的地窖前，于是李恪将她也推了下去，两具尸体至今仍在里面。请各位退后几步！好，这就可以了。”狄公说罢走到一旁，对班头命道，“打开地窖！”

班头与衙役再次将香案搬至倾斜，又一寸一寸费力地推离墙边，推出大约五寸远时，只见地上有一块六尺见方的石板突然升起，绕着墙根处的一根长轴转动，正在香案原先所在的地方。一股令人作呕的腐臭气味从黑暗的洞口处直冒上来。

狄公示意一下，班头点起一盏拴在长绳上的灯笼，再将其缓缓降入窖中。狄公示意吴宗仁走到近前，一同朝下望去。

平滑的砖墙直直下去，大约有两丈深，底部堆满杂物，一片凌乱：大大小小的木盒，几只陶罐，还有破旧的烛台。左边有一具女尸，仰面躺在地上，长发披散在头颅四周，竟似一圈光轮，身上的褐色衣裙已经朽烂，露出根根白骨。对面墙边有一具男尸，脸面朝下，双臂张开，扯破的衣袖上霉迹斑斑，破口处露出几根金锭，在灯笼的光晕中闪闪发亮。

“本县踩着绳梯下去看过，”狄公已拉起项巾掩住口鼻，语声听去愈发低沉，“就在明奥的尸体旁边，墙上有一个银柜，做得十分隐蔽。在濒死之际，明奥又饥又渴，已近疯癫。他打开银柜，取出藏在其中的所有金锭，将其中几条塞入衣袖，随后倒地死去，尸身正好盖住了其余那些放在地上的金锭。李恪将明奥诱入地窖之前，必是仔细查看过所有显而易见的地方，却没能发现隐藏的银柜。当他打开地窖时，只看见明奥已死，却仍未看见金子。如今我们从上方得以瞧见，皆因明奥的衣袍已经朽烂，且被虫蚁啃坏。正是因此，李恪并不知道金子就在这里，转而在寺内到处搜寻，自是一无所获。”

吴宗仁退后几步，面如死灰，哑声说道：“那害死我女儿的恶魔如今在哪里？”

狄公点头示意，班头一见，转身从狭小的后门走出大殿。狄公抬手一指活动板门，“诸位请看，这暗门是用极厚的原木制成，外面裹了一层灰浆，上面再铺一层石板，因此十分厚重，关闭之后，即使有人走在上面，也不会发出空洞的声音来。在另一端另有一物，重量与之相同，设在外面的地下。有两根楔子使其保持平衡，如果将香案倾斜，再朝前推到与墙壁平行处，楔子便可打开，工艺实在非常巧妙。”

这时班头带着一名高大男子走回，马荣紧跟在后。

那人一看见打开的地窖口和站在旁边的众人，立时抬手掩住脸面，然而为时已晚。

“杨茂德!”吴夫人出声叫道，“怎么——”

那人转身欲逃，双臂却被马荣的一双大手牢牢钳住。班头上前给他套上铁链。

杨茂德浑身一软，勉强站在原地，双目低垂，面色惨白。

“我兄弟在哪里?”李迈叫道。

“李先生，令弟已经死去，”狄公和缓说道，“他害了两条人命，结果自己也被人所杀。”说罢断然示意一下，于是班头与衙役又将香案挪回原位，地窖的活动板门也缓缓关合。

狄公重又走回香案前:“李先生，本县理应告诉你所有内情，如今只说要紧处。既然令弟已死，有些话就只能出于推测，不过可以让杨茂德加以补充。李恪杀死明奥与吴小姐之后，开始在紫云寺内四处搜金。他明知各路地痞无赖常来此间过夜，并且还得在花园里寻找，须得有人帮忙，于是找来杨茂德做帮手。杨茂德，李恪对你透露过多少实情?”

锁链加身的杨茂德抬起头来，眼神恍惚，低声说道:“他说和尚们藏了一笔财宝在寺内，我……我疑心另有隐情，后来在他的卧房里发现了几张笔录，上面计算五十锭黄金值多少钱，还有……”

“你以为你独自一人便可成事，并且到手的金子会比李恪许给你的更多。”狄公插言道，“你雇了无赖曾三，又暗中设下毒计，引诱李恪到紫云寺中，由曾三从背后将他勒死。谁知你还有第二步，等曾三得手后，你又弯腰凑到近前，一刀猛刺入曾三的后背。你为何等了一两个月才杀死李恪?为何又接连两晚企图谋害我的亲随，而不是耐性稍等几日，待官府搜查紫云寺结束后再动手?快讲!”

杨茂德口唇翕动几下，却未能出声。

“从实招来!”狄公喝道。

“六七日前……李恪出门之后，我又翻看了他的文书。

他几乎每天都要去那些旧书铺……他到底找到了想要的东西，却是紫云寺一位老住持留下的一束信札，写于一百多年前，其中有一封记述了如何在地窖内修建秘密银柜。当我看见李恪买来一架绳梯时……我心想必须赶紧下手，因为我假扮成李恪，顶多也不过几天工夫，必须抓紧找到金子，然后离开此地……”

“明日上了县衙大堂，你再供出所有详情不迟。班头，将人犯带下，派六名守卫押解他回去，再关入县衙大牢！吴先生，就在昨天，你曾问我之所以发出告示，是不是关于吴小姐失踪一事发现了什么新线索，如今本县可以解答此问。我得到了一纸密信，署有令嫒的名字，信中道是她遭到囚禁，恳求有人前来相救。密信放在一只古董木盒内，盒盖上镶有一块圆形翡翠，刻成一个篆体的‘寿’字，有人在‘寿’字的一端刻一‘入’字，在另一端刻一‘下’字。本县后来发现，这‘寿’字的形状竟与紫云寺的格局极其相似，正中的长方形代表大殿，旁边的锯齿形线条是两排禅房，两个四方形则是东西佛塔。之所以选中这个木盒，正是因为那块翡翠与紫云寺相似，盒内还装着密信，密信里有日期，盒盖上有地点，暗示地点的正是盒盖上刻的‘下’字，暗指香案下的地窖。”

“小女定是在地窖里找到这个木盒，” 吴宗仁喃喃说道，“不过她怎能……”

狄公摇头说道：“吴先生，木盒中的密信虽然署名令嫒，却并非是她亲手所书。她跌下地窖摔折了脖颈，立时便断了气。那木盒是个精心设计的骗局，起因与眼下的事件并无多少关联，不过正是它将我的注意引向了地窖，因此可说是助我识破了案情。据说有人在紫云寺后面山坡上的兔洞旁捡到此盒，这一说法正指向通气孔道的出口。地窖内确有四条通气孔道，免得僧人们长时间躲在里面窒息而死，几只大缸里还装有清水与干粮。吴先生，本县不想再多耽误你的工夫，我会命人将令嫒的遗骸妥善收殓入棺，再交还与你，以备正式下葬。没能救得她生还，本县深感惋惜，不过老天已经惩罚了杀人凶手，因她失踪而起的种种疑虑，你也可就此打消。”

吴宗仁深深一揖，转身朝正门快步走去，吴夫人跟在后面。狄公迅速追上几步，低声说道：“吴夫人，昨日吴先生前去县衙，并不是为了告发你，而是想要保护你。如今你可以重新开始过夫妻生活，只是不得再私下寻欢作乐，否则难免会招来祸事，不但身败名裂，甚而性命不保，想必你也已看在眼里。”

吴夫人连连点头，疾步朝前追赶其夫。

狄公走回香案前，见李迈仍站在原地，低头注视着关闭的活动板门。

“李先生遭遇如此不幸，本县深表同情。”

李迈拱手一揖：“老爷，小民的未婚妻不幸丧生，令我很是悲伤，我一直心存一念，希望她尚在人间。舍弟既让家族蒙羞，也让我深感心痛。”

“李先生性情坚毅、忠心不移，令本县甚为敬佩。”狄公肃然说道，“一家之中能有如你这般人物，必能经得起任何风浪波折。”

李迈再次一揖，穿过大殿朝正门走去。

女住持一直圆睁双目，静静注视着发生的一切，此时缓缓摇头说道：“紫云寺内曾举行过淫邪的法事，因此横遭玷污，注定会成为凶事频发之地。佛祖离去后，邪魔妖孽便占据了此处。贫尼回去要立刻准备一下，好好做一场洒净。狄老爷，再会了。”

“马荣，你送师父回去！”狄公说罢，转头对班头命道，“你派四名手下去东门，取两架竹梯、两口薄棺，再拿几把铁锹、铁铲和几捆绳子来。先得移去两具尸首，然后取出金子，最后将地窖清理干净。洪亮，你随我出门去，在庭院中等候。这里的霉味太重，实在令人不堪！”

狄公走到一盏灯笼下，在大石上坐定，洪亮坐在一根树干上。从院墙外传来嘈杂的低语声，那些乞丐闲汉从东门一路跟随至此，刚刚向押解犯人的守卫打听过情形，如今正在七嘴八舌地议论这惊人的消息。

洪亮深吸了几口清气，始觉心中舒畅，方才接二连三出了一连串事情，试图理出个头绪来，却仍是无果，总觉得老爷似乎有意留下了一些不明之处。不过，要紧的是老爷已找到了被盗的黄金！洪亮不禁欣然微笑。此事无疑会博得朝廷的嘉许，老爷不定会迁去别处做官，总好过这偏远闭塞的边陲之地！

“老爷打算如何运送那些金锭？”洪亮问道。

“先命人用油纸就地包裹起来，然后放入官轿，抬下山去。到了县衙，必须立时清点数目，并找几个可靠之人从旁作证。”

狄公默然半晌，将两手笼在阔袖中，抬头凝望着寺院，映在夜幕中的剪影正是左右对称。

洪亮用左手托住右肘，捻着山羊胡若有所思，半晌后说道：“今日午后，老爷将写着杨茂德的纸片放在李恪那张上面，是不是已经怀疑杨茂德假扮作李恪？”

狄公转头说道：“不错。虽然那人自称是李恪，并能关于画艺侃侃而谈，说得头头是道——换作一个能诗善文的书生，一样可以做到——却画不出我临时指定的画作来，这一点令我格外注意。他的借口也纯属无稽之谈。

一个画师既可绘出你我在李家见过的那些精美之作，自然可以立时动笔，画出一幅他十分熟悉的边塞风光来，更何况我还出了高价，我也从未听三夫人说过在兰坊不易买到好纸。还有一事，我与马荣前去意外造访时，看见盘子里的颜料都已干凝，上面还蒙着灰尘，足见一两天不曾用过。那人口称杨茂德出去寻欢作乐，使我更加疑心，虽说马荣说得确实有理，小店主们时常会信口开河出言不实。最后，过去三天内连连出事，着实可疑，不但有三人被杀，马荣也两度险遭毒手！我只觉得定是有了什么新的变故，另有一人开始寻金，且又十分急迫，想要尽快离开此地，这一点更加证实了杨茂德假扮李恪的设想。虽然杨李二人皆是行踪不定，但是一旦被住在附近的店主或小贩问起时，仍有不小的风险。我先用地窖的暗门试探吴宗仁夫妻、李迈与女住持，证明四人皆不知情，于是可知凶手便是杨茂德了。”

洪亮点头说道：“若是有人知道自己站在一扇暗门上，下面便是两丈深的地窖，除非有超乎常人的自制力，否则定会跳到一旁去！”

“一点不错。李恪与杨茂德谁都不曾打开过木盒，实乃造化弄人。我不但发现了木盒，而且通过春云所绘的紫云寺草图窥破了其中全部深意。更为奇怪的是，杨茂德想要掩饰无法作画的纰漏，并想赢得我的好感，因此说出他如何得到木盒的经过——却从未想过这一平常举动会产生何等严重的后果！真是一桩奇案，洪亮，着实非常离奇！”狄公说罢摇一摇头，抬手轻捋颊须。

洪亮偷偷瞟了狄公一眼，犹豫片刻，方才清清喉咙说道：“适才老爷已解说了所有案情，只除过那幽魂之外。”

狄公回过神来，目光冷峻地注视着洪亮，缓缓说道：“洪亮，佛寺幽灵再也不会在此地出现。曾经有一些古怪或神秘的羁绊，将它与这座古寺联系起来，从此全都中断，并且永远不会重来。啊，马荣回来了！”眼见马荣神色颓丧，不禁惊问道：“莫非小方的情形有变？”

“没有，老爷。我送女住持回庵堂后，刚刚去看过他，根本无碍。”

狄公起身说道：“那就好。马荣，还有很多事等着要做。我们回大殿去，再打开地窖，众衙役很快便会带来一应用具，将两具尸体和金锭统统搬出。”说罢走过庭院，两名亲随跟在后面。

马荣长叹一声，对洪亮郁郁说道：“女人真是生性易变。”

“人人都这么说。”洪亮心不在焉地答道。

马荣抬手按住洪亮的臂膀，“洪都头，自古嫦娥爱少年，这话果然不假。人生在世，总会长些见识，不过也难免叫人伤心难过哩。”

洪亮忽然想起小方投向春云的含情一瞥，还有春云面上泛起的红晕，于是点一点头，快步朝前走去。

二一

紫云寺内最要紧的公事办完后，已是夜晚时分。狄公将四位当地名流紧急召至县衙，作为证人，从旁眼看着五十锭黄金被仔细称量，随后又封成五包，存入公廨的大银柜中，由六名兵士通宵把守。次日清早，马荣将出发上路，运送黄金至州府，军营会派出一队巡兵沿途骑马护卫，再由刺史将黄金送回京城。

狄公手书了一份给上司刺史的呈文，署名盖印后，命洪亮装入一只大号公文信封中，起身走到墙角的面盆架前，用浸过冷水的手巾揩揩脸面脖颈，对洪亮说道："此案已全部了结。明日早衙开堂时，我不以为杨茂德会供出什么新鲜事来。据我想来，他只会承认撺掇曾三杀死李恪，自己又杀死曾三，为了隐藏曾三身上关于紫云寺与黄金的花绣，砍下两颗人头，并将尸身彼此换过，同时亦会承认谋害县衙差役。他深知自己已是穷途末路，必会身受极刑，谁也搭救不了。当他被关入大牢时，看去十分平静，全然一副听天由命的模样。"

狄公略停片刻，从袖中摸出一把梳子来梳理长髯，肃然望了洪亮一眼，接着又道："不过你也知道，此案仍有几处需要收拢作结。我自忖不必非得动用官家手段，但是仍须确认一二。马荣仍在紫云寺中忙碌，正督管众衙役清扫地窖。洪亮，你若不是十分疲累，我想带你去城里探访一个人。"

"我很乐意陪老爷同去。"洪亮徐徐说道，"据我想来，此行恐怕并非乐事一桩。"

狄公惨然一笑。这位老友总是如此体察入微！

"多谢你，洪亮。我们这就出去，从后门离开衙院，走到街中，再雇一乘小轿。"

小轿停在关帝庙前，狄公付过轿金。洪亮见两个闲汉坐在庙门前的宽阔石阶上，便前去打问旧兵营改成的妓院。那二人轻蔑地冷笑几声，随即指出如何走法。

狄公与洪亮行至一片穷街陋巷，一个路边顽童引着二人走到曲巷拐角处的旧兵营。此时所有的窗户全都敞开，浓妆艳抹的女人们伸出头来，手摇花哨的绸扇，见有路人经过，便叫嚷招呼个不休，街中的男子们却浑不理睬，正三五成群聚在一处议论纷纷。那些跟随官轿去过紫云寺的乞丐苦力已奔回城中，自然免不了四处宣扬一番。

狄公瞧见一扇安有栅栏的拱形窗户，果然与马荣所述一般无二。不远处有一个低矮黑暗的门洞，狄公看在眼里，不由想起了墓穴的入口。

狄公走下陡峭的石阶，洪亮跟在后面。

外面街中的嘈杂声渐渐不闻，地窖内一片沉寂，看去神秘莫测。黑衣老者蜷坐在窗台上，膝盖处横放着一根竹竿，头靠竿上。蜡烛的光晕后方，只见丐王将头枕在交叠的双臂上，似已入睡。

狄公走到桌案前，只听上方传来一阵簌簌声，有人尖声叫道："来了个大胡子，和尚！来了个大胡子，快快醒来！"正说话间，竹竿朝下一扫，大有威胁之意。

"闭嘴！"狄公冲那秃头喝道，"我乃是兰坊县令。"

窗边那人立时朝后一缩，孱弱的身躯紧紧贴在铁栅栏上，吓得魂不附体。

丐王从桌上抬起头来，指指面前的脚凳："县令老爷请坐。我已听说老爷晚上忙了许久，此时必已十分疲累。"

狄公在竹凳上坐定，洪亮立在身后。只见丐王面庞宽阔，皱纹密布，前额高耸，两眼定定望着前方。狄公默默注视半晌，将目光移到刻有复杂图案的桌面上，想起自己已四处奔走了整整一晚不曾稍歇，不禁叹息一声，摩挲几下僵硬的膝头。

“不知老爷有何贵干？”丐王说话时语声低沉。

“本县想跟你请教一二，”狄公徐徐说道，“你被众人称为和尚，并非无缘无故，可是如此？你不但曾经出家为僧，而且就在紫云寺内。那还是多年以前，紫云寺仍在举行密教法事，后来被官府查封，你与一位女法师又建起庵堂，因此你应对寺院格局了如指掌。”

丐王缓缓点头：“听人说老爷聪明绝顶，果然丝毫不爽。老爷哪里需要向别人请教，完全不必，从我这里就更是不必了。”

“也不尽然。有一件小事尚且未明。寺内地窖通气孔的出口，是不是通常都装有格栅，免得耗子钻进去？本县说的并不是兔子。”

丐王端坐不动，依旧蜷缩着异常宽阔的双肩，从灰白长眉下抬眼打量狄公，喃喃说道：“这么说老爷已经看出来了，确实聪明过人。我方才已经说过，如今还要再说一遍！”

“你不但忘了格栅，还犯下一个大错。你放在盒里的那封密信，措辞也完全不对。一个又饥又渴、性命垂危的姑娘，怎会在写日期时还加上年份？本县立时就看出其中一定有诈。后来，我发觉盒盖上的翡翠意在暗示她被囚禁的地点，自然明白了密信只是骗局。就算那姑娘能在地窖的杂物中找到这一木盒，就算她携有火镰，能点着旧烛台上的蜡烛，但是要说一个衰弱濒死的女子能想得出如此机巧之谜，但凡稍有智识者都绝难相信。”狄公说罢指着桌面，又道，“如此谜题，更可能出自一个心性乖僻之人，整日独坐此处，对着这些图符苦思冥想。”

“敢问老爷，为何我要假造那姑娘的密信?”

“为了敲诈杀害她的凶手。将木盒送给李恪之人，正是你手下的一名乞丐，依照你的吩咐，道是在紫云寺背后山坡上的一个兔子洞附近拣到此盒。兔子洞会令凶手想起通气孔道，正为暗示他送来木盒的人知晓内情，吴小姐跌下地窖后并未立即丧命，在一息尚存时还写下了这封血书，然后设法从通气孔道抛到了外面，因此凶手的罪行已经败露。对我而言，这里暗示出另一条重要线索，即送木盒之人知道凶手将吴小姐推入地窖后便立即关闭暗门，并未查看过她是否已经摔死。和尚，告诉本县，你是如何知道此事的?”

丐王并未立刻作答，看似心神恍惚，终于开口时，声音听去十分疲惫:“塔拉已经不在人世，我也是将死之人，为何不能对老爷讲呢? 九月初十那天晚上，塔拉就在紫云寺内。她与大殿正中的莲花图案有着神秘的联系，那是生命力的永恒象征，由于不断献祭而十分神圣，每逢月圆之夜，她总要去那里燃起一堆圣火。塔拉看见一个女子走进大殿，便跟在后面。李恪正站在打开的地窖前，塔拉亲眼看见李恪将那女子推了下去，又关上暗门。塔拉将此事告诉了我，但她并没问李恪为何要推人下去，塔拉从来不问任何事。”

“昨天她却问过。我的一名亲随前去探访她，她从我的亲随那里得知女子名叫阿玉，然后向神佛询问，得知阿玉摔断了脖颈，死于九月初十。这些话确是实情，因为我今晚已查看过吴小姐的尸身。塔拉的神还说她自己将死于今天，果然也应验了。”

丐王缓缓摇头：“老爷明鉴，塔拉十分强大，比我、李恪和杨茂德都更胜一筹，但是她的神却比她更为有力。她曾经通过某种超越生死界限的古怪法事而嫁给了神。老爷方才问过我假造的密信，我是想用这来吓唬李恪，唬得他给我金子，如此一来，我就能使得塔拉离开他。塔拉首先属于她的神，其次便属于我。

“第二天，我派了斗鸡眼去李恪家里召他前来，就是坐在窗台上的那个老伙计。不过李恪从没来过，显然他并没领会其中的意思。”

“你不该在那盒子上沾满泥巴。当日是杨茂德出来开门并买下了木盒，但是他和李恪过后都再未看过一眼。后来李恪将盒子与其他杂物统统卖给了一个古董商，又被我买了下来，先是……”

丐王抬起大手一摆：“老爷，不必再说那可恶的盒子了。你我不妨说说李恪。塔拉抛弃了他，就像嚼完甘蔗再随手扔掉一般，然后又找上了杨茂德。有一天，她来这里看我，对我说老爷正在追查她，不过并没什么要紧，杨茂德已经知晓金子藏在何处，并已杀死李恪与其帮手曾三，她就要和杨茂德一起跑到边境那边去。如今正是时候，因为族人都与她作对，神也说过她的死期将近，就要和神永远在一起了。但是这一次，她并不相信神的预言，说这话时还放声大笑。如今她果然死去，终归是神笑到了最后，老爷，总是如此。”说罢两眼空洞，定定出神半日，忽然瞥了狄公一眼：“不知老爷如何处置她的尸身？”

“我已派人将尸身焚化，然后将骨灰撒掉，这正是她的遗愿。”

丐王抬起一双大手，无望地挥了一挥：“这么说我已经失去了她，并且永远失去了。她的骨灰会被风吹到大漠里去，变成一个白色的女巫，一丝不挂骑在黑马上，跟在她红色的神主旁边，从空中飞驰而过。当狂风吹过沙漠时，他们将一同在风中疾驰。突厥人听到她的叫声，会吓得缩在帐篷里念佛祷告。老爷本该将她的骨灰埋起来才是。”

“依照律法，”狄公淡淡说道，“无亲无故之人死后，其骨灰理应被撒掉。”

“我方才说的那些事，老爷并不相信，可是如此？”

“我既不是相信，也不是不信，此问纯属徒然无益。你告诉我，紫云寺里的金子从何处而来？”

“这我不知道。塔拉虽然知道，却从没告诉过我。想必是有人去年藏在那里的。我在寺里的时候，地窖中并没有金子。”

“明白了。李恪以前可是在紫云寺中遇见了塔拉？”

丐王默然许久，头颅低垂，手指漫无目的地划过桌面上刻的图符，终于开口说道：“李恪很有学问，画艺也很高超，不过想要知道的东西太多，未免过多了。有些事情，即使老爷这样的聪明人也最好不要知道。我只能告诉老爷这么多。二十年前，我四十岁，塔拉二十岁，我二人是紫云寺里身处高位的男女法师。过了五年，官府查封了寺院，我们表面上宣称弃绝新教，实则仍在庵堂内暗地里做法事。我们精通此道，无所不知，包括世人难以言传、只能称之为生命之火起始与终结的秘密。虽然我们知晓太多东西，但并不知人总是在不停地打转，以为自己走到了尽头，将要达到终极神秘时，却忽然发觉又回到了起点。

塔拉通晓所有秘术，修为甚高。她爱上了李恪，从此离我而去。”

丐王忽然大笑起来，笑声在空旷的地窖中回荡。斗鸡眼在窗台上开始跳来跳去。丐王又闭口收声，郁郁说道：“老爷并没有笑。你做得很对，因为等到将来才会笑得最好。你以为如我这般怀有秘密圣爱的高僧，理应对她所做的蠢事耸耸肩头，然后径自走开、不以为意，对不对？其实并非如此，当她离开庵堂去城里时，我求她不要离开我，老爷！我求过她！”说罢双臂据案，用超乎常人的努力撑起上身，大声叫道：“现在你笑吧，老爷！你尽管笑我吧！”

狄公平平注视着丐王鬼魅一般的两眼，说道：“和尚，我不知道塔拉如何想你，不过，我知道她仍爱着她的女儿。就在昨天晚上，她引诱我的手下去紫云寺背后，再由杨茂德从墙头推下砖石来杀人害命。但是就在最后一刻，塔拉忽然看见你的女儿赶到我那手下的身后，于是举起双臂以示警告。她那吓人的模样令我的手下猛然停步，因此幸免遇害。”

丐王顾视一旁，低声说道：“我曾暗自希望塔拉会抛弃杨茂德，就如同当日抛弃李恪一样。一旦杨茂德找到金子，塔拉就会抛弃他。我还希望那时我能使塔拉离开她那可怕的神。虽然生命之火已在我的体内渐渐熄灭，但我仍然熟知那些不可说的法术，还有不可说的咒语。”说罢从胸中深深吁出一口气：“不错，我曾希望能将塔拉从那些束缚中解脱出来，带着她和我们的女儿越过边境，去找我们自己的族人，在大漠中再次纵马驰骋！那里的空气多么干燥爽净，可以一连骑上几天几夜！”

“我曾对杨茂德说过，”狄公缓缓说道，“一匹马脱队离去后，可以在大漠中任意奔走，完全自由自在、略无羁绊，但是有朝一日觉得孤单疲惫时，就会发觉自己已是孑然一身，四顾茫茫——道路被风吹散，大队人马也早已消失在远方。”

丐王心神恍惚，似是听而不闻，再度开口时，语声变得十分轻柔：“塔拉没有了神，就会变成一具空洞的躯壳，正如我一样。虽然众神任由我们随心所欲地挥霍任何东西，但是绝不会再多赐予一点。不过，即使二人皆已空洞衰老，只要彼此相爱，至少还可一同等待离世，如今我失去了塔拉，只能独自等待死亡，这一天已为时不远。”说到此处，音声已十分低弱，几不可闻，又抬头哑声嗫嚅道：“此时入夜已深，老爷最好还是回去吧。莫非打算要将我法办，或是……或是拿我的证言……”

狄公站起身来，摇头说道：“和尚，此案已经了结，既不必再做什么，也不必再说什么，一切皆无。再会了。”

狄公转身走向台阶，洪亮跟在后面。斗鸡眼仍蹲踞在窗台上，裹紧身上的破旧黑袍，蜷起双肩，缩着秃头，恰似一只栖在枝上的乌鸦。

后　记

狄公是中国唐代的历史人物，生于630年，卒于700年。他不但享有探案如神的美名，而且是一位杰出的政治家，在其仕途生涯的后期，对于本国的内政外交均有过重要影响。然而本书中叙述的故事和发生的地点纯属虚构。

书中多次提到新兴的佛教秘密教派，指的正是密教，当时兴盛于印度和其他国家。请参见拙著《中国古代房内考》之附录一。

在狄公生活的年代，中国人不留辫子，这是1644年满族人入主中原后强加给中国人的习俗。在此之前，中国人蓄长发并梳成顶髻，无论室内室外皆要戴帽，无论男女都穿着衣袖宽大的长袍，看去类似日本的和服——和服确实来源于中国唐代服装。只有兵士与下层民众才穿短衣，露出阔腿裤或绑腿。茶、米酒与各种烈性酒在中国随处可见，至于烟草和鸦片，则出现于数个世纪之后。

高罗佩

译后记

1965 年，高罗佩先生第三次赴日工作，担任荷兰驻日本大使，在日本东京写成此书。据他本人记述，应读者要求，在此书中花费了更多的笔墨描述狄公的三个妻子，“值得注意的是，在这三个人的日常交往中，几乎从来没有听到不和谐的声音。这是理想的状况，没有吵架，没有斗嘴，真正的婚姻乌托邦”[1]。1966 年，此书的英文本由英国海涅曼出版社（William Heinemann Ltd.）出版，名为 *The Phantom of the Temple*，意为“佛寺幽灵”；1968 年，荷文本由荷兰范胡维出版社（W. van Hoeve Ltd.）出版，名为 *Het Spook in de Tempel*。

书中的兰坊全图，显然是在 1951 年《迷宫案》日译本地图的基础上修改而成，添加了几处本书中人物的住处以及城外的紫云寺与庵堂。另外，在 1965 年出版的《黄金案》日译本中，白云寺改名为紫云寺。由于此书的译者沼野越子女士与高罗佩先生是多年好友，彼此交往密切，因此这些细微的改动格外值得注意。

本书第五回中提到的室韦人，原文为 Mongolian，直译为蒙古人。“蒙古”一词最早见于唐代，《新唐书》《旧唐书》中的“蒙兀室韦”是现代蒙古族的祖先，故此选用“室韦”一名。

本书第十五回中关于皮影戏的描述，猜测或是来自高罗佩先生对于爪哇皮影戏的回忆。由于父亲在荷属东印度军队中担任医疗服务工作，童年的高罗佩曾在印度尼西亚生活过八年，并从管家翁索那里接触到历史悠久的爪哇皮影戏，对此酷爱多年。他不但收集皮影、自行演出，还进行系统研究，年仅十岁便撰文绘图记录有关皮影的各种知识，“那些文章讨论了皮影戏的流行变种，详细描述了皮影人物、音乐和背景，描绘了舞台剧目的内容，介绍了主要人物的角色”❷。

本书后记中提到的《中国古代房内考》，是高罗佩先生的一部重要学术著作，内容丰富，资料翔实，堪称一本前无古人的奇书，1961 年由荷兰莱顿博睿（E. J. Brill）出版社出版。借用中文本译者李零先生的一句话，“这是一本非常正经也非常严肃，在西方汉学界享有盛誉，用确

---

❶ ［荷兰］C. D. 巴克曼、［荷兰］H. 德弗里斯著，施辉业译：《大汉学家高罗佩传》，海南出版社，2011 年，第 270 页。

❷ 《大汉学家高罗佩传》，第 10 页。

凿史料从根本上影响和改变了西方世界对中国之了解的经典之作”[1]。此书中的许多观点与细节，都可在整个狄公案系列小说中得到印证与反映。在此只略论与本书内容密切相关的两点，一是关于密教及其房中术，二是多妻制下的中国古代家庭生活。

先说其一，所谓密教，实为印度佛教和印度教的房中秘术，其修炼方法与中国的道术修炼酷似，其中包括佛教金刚乘与印度教性力派。金刚乘是真言乘的一种晚期发展形式，“金刚”即坚不可摧的霹雳，并与“空性”同义，即最终的不可摧毁的空。在佛像画中，这种神秘武器被表现为一种双头杵，两端各有一股、两股、三股或更多的刃头，被信徒们尊奉为金刚乘教义的象征。本书第七回的插图“问旧事女巫施法术”中，佛像右手所持的法器看似正是三股“金刚手”。金刚乘的主要哲学观点是终极真理在于人体，人体内含有“生命的火花”，通过入定，这种火花会燃烧起火，从而达到神人合一的涅槃极乐境界。印度教性力派的出现晚于金刚乘，继承了金刚乘的房中秘术和对万能太阳神的崇拜。在湿婆教性力派中，早期经咒中以湿婆神为日，呈红色，以其配偶雪山神女为月，呈白色。

---

[1] [荷兰]高罗佩著，李零、郭晓惠、李晓晨、张进京译:《中国古代房内考》，北京商务印书馆，2007年，《译者前言》，第3页。

这一点在本书最后一回中也有所暗示。译者个人认为《紫云寺》与《朝云观》这两部小说或可称为姊妹篇，一写佛教，一写道教，并且都与各自的秘术有关。这些房中秘术在历史上存在着二教互相影响以及在中印两国之间传播与回传的过程。公元七世纪时，中国道教的房中秘术曾刺激了金刚乘在印度的出现，不久后便由传教者于唐代到达中国时传入。十二世纪时，金刚乘在印度虽已消失，但其教理却传入西藏，与西藏当地的宗教信仰融为一体，产生出喇嘛教。喇嘛教又从西藏传入蒙古，成为忽必烈及其后人的信仰，道教房中秘术隐藏在喇嘛教的外衣之下，以至于中国人并未意识到它本是基于中国的原理，反而以为是外来的教义。以上所有引用观点，均来自《中国古代房内考》附录一《印度和中国的房中术》。

再说其二，中国的一夫多妻制向来饱受西方世界的诟病，并令西方人因此产生出种种阴暗的猜测和假想。高罗佩先生旁征博引，力矫其妄，通过大量的中外历史文献，证明多妻制下的中国家庭生活总体来说仍是健康和正常的。“有充分理由可以断定，中国妇女一般并不比按一夫一妻制生活的西方姐妹们更加不幸。另一方面，也没有理由认为，中国的一般家长比只有一个妻子的西方家长更加幸福。……在中国，妻妾都有由成文法和习惯法确定的固定地位和法定的个人权利，家长必须尊重这些权利，并履行对女眷的各种责任，不仅要满足她们的性欲，经济合理地扶养她们，而且要在更敏感的方面，注意她们的个人感情，考虑每个人的爱好和脾性，并理解这些女人之间的关系。如果家长未能恪尽其责，就会发生争吵，而家庭失和则会使男人名声扫地，前程断送。作为文官他会丢掉官职，因为不能治家者不能委以重任的古训在上层统治者的头脑中已经扎了根；而作为商人他会因此失去信用，因为人们都知道一个治理无方的家是资金短缺的根源。”[1] 尽管《中国古代房内考》一书在学界享有盛誉，但是影响范围毕竟有限，要想改变西方大众对于中国的刻板印象与狭隘偏见，最好的方法莫过于将学术观点融入拥有众多读者的通俗小说中，从而起到潜移默化的影响作用。译者个人认为，在这一系列小说中，高罗佩先生不厌其详地多次描写狄公的宅院格局与家庭生活，尤其是三位夫人和睦相处的场景，突出表现多妻制家庭中平和温馨的一面，用意正在于此。不可否认的是，他在描述和评价多妻制下的家庭生活时，确实存在着一定程度的回护与美化，然而之所以如此，并非基于任何猎奇心理或是恶趣味，而是出于对中

[1] 《中国古代房内考》，第 113 页。

国传统文化的由衷欣赏与热爱，出于一种深刻的“理解之同情”，在东西方彼此隔膜、西方对中国抱有许多偏见与误解的年代里，这一点更是难能可贵。1950 年，高罗佩先生曾发表《纳妾：关于一个多面论题的一面之谈》一文，比较集中地表达了他本人对于中国古代多妻制的看法。如今全文译出，附录于后，以供读者参考。

高罗佩先生对于中国的深入了解，除了通读史料之外，或许也来自某些友人的亲身经历，比如英国汉学家、佛学家蒲乐道（John Blofeld）。1932 年，十九岁的蒲乐道远渡重洋来到东方，在香港、北京、重庆等地游居了十七年，对于中国各地的山川风物、世态人情，终其一生都怀有深深的眷爱，并用中文著有自传《老蒲游记——一个外国人对中国的回忆》。1943 年至 1945 年间，他与高罗佩先生同在重庆，由于志趣相投而交往密切。1951 年，蒲乐道移居泰国曼谷，高罗佩先生在 1967 年因病去世之前，曾数次前往曼谷与他会面晤谈。[1]

此书中由于加入不少关于外来宗教的内容，因此平添了许多异域风情与特色。高罗佩先生博学多才、涉猎广泛，

---

[1] 荷兰作家扬威廉·范·德·魏特灵（Janwillem Van de Wetering）所作的传记《高罗佩：他的生活，他的著作》（*Robert van Gulik: His Life*, *His Work*）一书中，引用过蒲乐道的书信，信中曾提到有关二人交往的情形。

对于印度文化亦是兴趣浓厚。早在中学时代，他就曾跟随荷兰著名语言学家乌伦贝克（C. C. Uhlenbeck）教授学习梵文。1935年完成博士论文《马头明王古今诸说源流考》，所谓“马头明王”，正是发源于印度的密教八大明王之一。1952年至1953年在印度工作期间，还著有关于中国和日本梵语研究的《悉昙》一书。在此申明一点，这一系列小说里偶尔表露出的对于佛教道教以及其他外来宗教信仰的异议或微词，只是作者在文学创作中进行的合理虚构，是身为正统儒者的主人公狄仁杰在其特定历史文化背景下理应持有的看法，并不能代表作者本人的立场和态度。

张凌

2020年11月

附：

纳妾：关于一个多面论题的一面之谈[1]

若是一个人勤奋好学而又绰有余暇，或许可以考虑

[1] 1950年4月1日，高罗佩先生在日本东京的《远东进行曲》（*Far East Fanfare*）上发表此文，其复印件现存于美国波士顿大学，收在霍华德·高特利档案研究中心（Howard Gotlieb Archival Research Center）的高罗佩收藏（Robert Hans van Gulik Collection）中。

编纂一部百科全书，专门收录从西方古今文学中摘出的有关远东题材的所有错误观点。这部百科全书将会用尽他的一生，不过绝不是白费工夫。在我们这个小小的星球上，人们之间的关系已变得如此错综复杂，因此研究错误常常比研究陈腐的老生常谈更有启发性。

在这部有关远东错误的百科全书中，“一夫多妻制”这一词条必将占据相当多的篇幅。除了远东政党之外，很少有其他主题会令读者遇到如此之多的错误论述。

一夫多妻制既出现在中国，也出现在日本。由于日本的许多习俗都可以追溯到中国，因此我们在此只探讨中国的一夫多妻制，并将日本的状况看作是一种后续现象。

有些作家将中国古代的多妻制形容为黑暗邪恶的渊薮，又有些作家将其称赞为我们所有社会问题的最终解决方式。事实上，这两种看法都不正确。在中国，多妻制是特定的社会与经济前提下产生的合理结果，比起我们西方的任何一种社会制度来，既不是更好，也不是更坏。如今这些前提条件正逐渐消失，于是多妻制也随之消亡。

关于中国的多妻制为何会存在一些普遍的误解，其中有多方面的原因。首先，中国的家庭生活向来是一个与世隔绝且被严密监视的区域，直到不久以前仍是如此。除了自家成员之外，其他人皆不可侵入。对于外国人而言，或许只有早期传教士的妻子们可以有机会一窥中国家庭中的女眷生活。但是这些外国太太们只能接触到中国基督徒，在那些家庭中并没有姨太太或侍妾。

即使是中国人本身，想要了解朋友家的“内宅”也是极其困难的。自古以来，在中国一直存在着严格的两性隔离，以至于在旧式家庭中，将男子和女子的衣物挂在同一根晾衣绳上也被视为不当之举。中上层家庭中的未婚女子，除了自己的父亲与兄弟之外，不得与任何其他男子接触，已婚女子也基本限于只和夫家与娘家的男子接触。

这种两性隔离由于中国住宅的建筑特点而变得易于实现。房屋多是在地面上横向扩展，而并非是纵向扩展的多层建筑，在华北和华中地区尤其如此。一座大宅院实则由众多独立的院落组成，各有其房舍与花园，并利用各种过道或檐廊彼此连通。

中国宅院的这种特殊结构，也可以解答许多涉及多妻制的问题。每个妻子都住在各自独立的院落中，由自己的仆人服侍，通常还有自己的厨房。这种建筑结构避免了许多冲突。如果一个男子与数个妻子生活在同一屋檐下，有些冲突则迟早会发生。

除此之外，在中国古代，还有许多其他因素有助于家庭和睦，其中最重要的一点可能是社会交际。过去的中国女子不得参加任何家庭以外的活动，丈夫可以自由参加的社交活动，她们却不能去。与人交谈时，丈夫称妻子为“内人”，而妻子称丈夫为“外子”，这些说法并非毫无缘故。如今，虽然现实环境已经变得相当不同，但是这两个词在中国口语中仍然使用。

女人们被局限在家中，妻妾们便彼此做伴，一起打牌或下棋，或是从事一些文雅的艺术活动，比如绘画和刺绣，或是一同准备大型家宴。在中国，个人尊严也是十分重要的问题，这一点与其他地方并无不同，之所以并未凸现出来，是由于旧式传统已经规定好了大家族中的女性等级制度，从第七房侍妾直至老祖母，各人的权利与义务都已有明确划分。

由于许多人一起生活，一个人的邪恶行为很容易被温和的外来压力抑制住，且不必有丈夫的介入。如果丈夫十分明智，便会对妻妾间的所有争执努力置身事外。

另外，经济因素也扮演了一个重要角色。中国古人认为让十个女子生活在可悲的贫困之中是没有道理的，只要能找到一个男子养得起她们，就可以让十个女子与这个男子共同过着安逸舒适的生活。另外，由于中国古代的交通方式比较原始，男子常常会离家一二年，然后在做官或经商的地方另娶一位妻子，返家时再带着妻儿一起回去。

她们从此融入原先的家庭之中，凡此种种皆被视为理所当然。

至于多妻制的起源，汉学家们认为来自于每个男子对于延续家族香火的神圣责任，目的是为了保证对祖先的祭祀得以继续下去，这种看法可能是正确的。如果正室夫人未能生出男丁，男子便有责任娶二房或三房，直到生出儿子为止。民族学者在古代信仰中寻找多妻制的来源，即部落首领比平常人具有一个更为耀眼的“光环”，因此有权占有不止一个妻子，并以此作为威望的象征。这种看法可能也是正确的。在中国，一位高官理应拥有至少四个妻子，这种古老传统的来源可能同样出于体现威望。

或许正是如此，多妻制在中国平稳实行了两千多年，其间确实发生过不少悲剧，同时也产生过不少幸福的个例，与我们的一夫一妻制是同样的状况。考虑到中国古代特殊的社会与经济环境，我本人不会执着于任何一种方式。

不过，在中国古代多妻制中，我认为有一点值得称赞。父亲的所有子女，无论是由正室夫人、二房还是侍妾所生，全都是合法后代，都具有无可争议的权利，包括分享遗产。

有些西方作家坚称中国的多妻制使得夫妻之间无法

存在心灵之爱。中国文学提供了大量的证据，证明在古代的特殊情况下，这种看法并不正确。有无数的事例表明两个或三个富有教养的女子可与一个男子和睦相处，并怀有着深厚而真切的爱情。[1] 这种家庭和睦的秘密，似是来自于容忍的美德与妥协折衷的天赋，前者是中国人性格中一个普遍而显著的特征。

最后，我将用一则中国笑话来为这篇随笔作结，这是为数不多的一则可以译为英文的笑话，因为十分巧合的是，“酸”在中文与英文中具有同样的双重涵义。

故事讲的是一个男子有一个极其善妒的妻子，很多年不准他娶二房夫人。男子通过坚持不懈的软磨功夫，终于得偿所愿，将一位年轻美貌的侍妾带回家中。从那时起，每到晚饭时间，管家总得询问主人今晚是打算与大夫人共度，还是与新人共度，这一刻不免十分尴尬。于是主人就想出了一个法子，让管家在献酒时，问自己今天喝黄酒还是白酒。在此需要说明一下，中国的黄酒放置一个月左右就会变味，而白酒则类似西方的杜松子酒，能够保存更长时间。如果回答“黄酒”，则意指大夫人，如果回答

---

[1] 在《中国古代房内考》第十章中，高罗佩先生特别提及明代学者冒襄所著的《影梅庵忆语》，此书是冒襄为其逝去的宠妾董小宛所作的生平记述，“它不仅是一部感人的爱情故事，同时也是那个动乱年代如何影响到一个显赫家族由盛而衰的真实记录”。或可作为佐证之一。

“白酒”，则暗示主人想与侍妾过夜。

主人与管家秘密商定之后，头天晚上，管家在侍奉晚饭时，适时询问主人想喝黄酒还是白酒，主人答曰“白酒”。第二天，管家听到的回答还是“白酒”，第三天仍然如此。到了第四天晚上，管家又要提及这一重要问题时，便靠近主人的座椅，躬身行礼，随后低声说道：“老爷，小的只想提醒一句，今晚还是喝些黄酒吧，不然怕是要变酸了。”

高罗佩

Robert van Gulik
THE PHANTOM OF THE TEMPLE
根据 Charles Scribner's Sons 1967 年初版译出

图书在版编目(CIP)数据

紫云寺/(荷)高罗佩(Robert van Gulik)著；
张凌译.—上海：上海译文出版社，2021.7(2024.7 重印)
(大唐狄公案)
书名原文：The Phantom of the Temple
ISBN 978-7-5327-8624-4

Ⅰ.①紫… Ⅱ.①高… ②张… Ⅲ.①侦探小说-荷兰-现代 Ⅳ.①I563.45

中国版本图书馆 CIP 数据核字(2021)第 123587 号

紫云寺
[荷兰]高罗佩 著 张凌 译
责任编辑/顾真 装帧设计/张志全工作室

上海译文出版社有限公司出版、发行
网址：www.yiwen.com.cn
201101 上海市闵行区号景路 159 弄 B 座
苏州市越洋印刷有限公司印刷

开本 889×1194 1/32 印张 8.25 插页 4 字数 93,000
2021 年 8 月第 1 版 2024 年 7 月第 5 次印刷
印数：19,001—21,000 册

ISBN 978-7-5327-8624-4/I·5323
定价：48.00 元